Jorge Luis
Borges

Artificios

杜撰集

[阿根廷] 豪尔赫·路易斯·博尔赫斯 著

王永年 译

上海译文出版社

目 录

序　言

　　这个集子里的小说虽然写得不那么笨拙，性质和前一个集子[1]没有什么区别。其中两篇，《死亡与指南针》和《博闻强记的富内斯》，也许需要稍作说明。后者是长夜失眠的隐喻。前者尽管有一些德国或者斯堪的纳维亚的专名，背景却是梦幻中的布宜诺斯艾利斯：弯曲的土伦路是七月大道；特里斯勒罗伊是赫伯特·阿什所在的旅馆，他在那里收到了，但也许没有看那部并不存在的百科全书的十一卷。那篇虚构小说写完后，我曾考虑是否把它涵盖的时间和空间加以扩展：报复的可能是世仇；时间可能以年或世纪计算；名字的第一个字母可能在冰岛念出，第二个字母可能在墨西哥、第三个字母可能在印度斯坦念出。我是不是还要补充说哈西德教徒包括圣徒，要牺牲四条人命才能知道构成那个名字的四个字母，那才是我故事的形式所决定的幻想？

一九五六年补记。这个集子增加了三篇故事：《南方》、《凤凰教派》和《结局》。在最后一篇短暂的时间过程中，除了一个人物——雷卡巴伦（他的动弹不得和消极起对比作用）——之外，其余都不是或者不都是我的杜撰；它叙说的一切都包含在一部名著里，我只是第一个琢磨出来，或者至少是第一个把它说出来的人而已。在《凤凰教派》的隐喻里，我学会了如何以犹豫不决和逐步深入的方式提出一个最终不容置疑的普通问题。《南方》也许是我最得意的故事，我要说的只是既可以把它当作传奇故事的直接叙述来看，也可以从别的角度来看。

我经常阅读叔本华、德·昆西、斯蒂文森、毛特纳、萧

1　指《小径分岔的花园》（1941）。

伯纳、切斯特顿和莱昂·布洛瓦等人的风格各异的作品，我认为在那篇题为《关于犹大的三种说法》的涉及基督学的幻想小说中，可以看到布洛瓦的遥远的影响。

豪·路·博尔赫斯

一九四四年八月二十九日，布宜诺斯艾利斯

博闻强记的富内斯

我记得（其实我没有权利讲出那个神圣的动词，世界上只有一个人有权利，但那个人已经不在了）他手里拿着一枝深色的西番莲，仿佛从未见过似的瞅着它，尽管他从黎明到黄昏一直看着，看了整整一辈子。我记得他衔着香烟，沉默寡言，那张有印第安特征的脸庞的神情显得出奇地遥远。我认为我记得他细长灵活的手指的模样。我记得他手边那个有东岸地带[1]纹章的马黛茶罐；我记得他家窗外一张黄色的席子，隐约可以望到湖边的景色。我清晰地记得他的声音，旧时城郊居民那种缓慢、阴郁的鼻音，没有如今那些意大利移民的咝咝声。我只见过他三次，最后一次是一八八七年……我觉得凡是同他有过接触的人写一些回忆他的文章将是很有意义的事；我的文章也许会是你们汇编的集子中最简短，肯定最贫乏，但不是最不公正的一篇。当主题涉及一个乌拉圭人时，我身为阿根廷人的可悲情况有碍于我参与乌拉圭的必不可少的赞颂体裁。有文化的、风度翩翩的布宜诺斯艾利斯人，富内斯虽然没有用过那种损人的字眼，但我有充分理由相信，在他心目中我就是那种人物。佩德罗·莱安德罗·伊普切[2]说过，富内斯是超人的先驱者，"一个土生土长、未加斧凿的查拉图斯特拉[3]"；我对这一点并无异议，但不能忘记，他也是弗赖本托斯[4]的一般居民，有某些无法弥补的局限性。

我第一次见到富内斯的印象十分清晰。那是一八八四年三月或二月的一个傍晚。当时我父亲带我去弗赖本托斯度夏。我同表哥贝尔纳多·阿埃多从圣弗朗西斯科庄园回来。我们骑着马，唱着歌，心情舒畅。更使我高兴的是，闷热了

---

1 指南美洲乌拉圭河以东的西班牙旧时领地，包括现在的乌拉圭和巴西的圣佩德罗、南里奥格兰德、圣卡塔琳娜州。

2 Pedro Leandro Ipuche（1889—1976），乌拉圭本土主义诗人，著有诗集《崭新的翅膀和深沉的土地》。

3 德国哲学家尼采一部散文诗中的人物，尼采在诗中阐述了他的超人论。

4 乌拉圭河畔城市，乌拉圭内格罗河省省会。

一天，天空突然乌云密布，南风又推波助澜，树枝乱舞；我担心（或者不如说盼望）在旷野淋到倾盆大雨。我们策马飞奔，仿佛同暴风雨赛跑。我们进入一条小巷，两旁是极高的砖砌的人行道。天色突然黑了下来；我听到上面传来迅速的、几乎隐秘的脚步声，我抬眼一看，只见狭窄破败的人行道上有个小伙子像在狭窄破败的墙头奔跑。我记得他穿的灯笼裤和草鞋，铺天盖地的乌云衬托着他衔着香烟的阴暗的脸。贝尔纳多出乎意料地朝他嚷道："几点钟啦，伊雷内奥？"小伙子既不看天色，也不站停，脱口回答说："八点差四分，贝尔纳多·胡安·弗朗西斯科少爷。"他的声音很尖，有点嘲弄的意味。

我当时心不在焉，如果我表哥没有强调，他们两人的一问一答根本不会引起我注意。我想表哥之所以强调，大概是出于乡土的自豪，并且想表明他并不计较那种连名带姓的称呼。

表哥告诉我，巷子里的那个小伙子名叫伊雷内奥·富内斯，有点怪，比如说，他跟谁都不往来，并且像钟表一样随时能报出时间。他母亲是镇上一个熨衣工，玛丽亚·克莱门蒂娜·富内斯，有人说他父亲是屠宰场的医生，一个名叫奥康纳的英国人，也有人说他父亲是萨尔托省的一个驯马人或者向导。他同母亲一起住在月桂庄园拐角的地方。

一八八五和一八八六年，我们在蒙得维的亚市度夏。一八八七年，我们又去弗赖本托斯。我很自然地问起所有认识的人，最后也问到那个"活钟表富内斯"。人们告诉我，他在圣弗朗西斯科庄园从一匹没有驯化的马背上摔下来，就此瘫痪，没有康复的希望。我记得那消息在我心中勾起的不舒适的魔幻似的印象：我只见过他一次，当时我们从圣弗朗西斯科庄园骑马归来，他在高处行走；我表哥贝尔纳多介绍的情况很像一个似曾相识的梦。他们说他躺在小床上动弹不得，眼睛盯着远处一株仙人掌或者一张蜘蛛网。傍晚时，他让人把他抬到窗口。他非常高傲，甚至假装认为这次要命的打击是因祸得福……我隔着栅栏见过他两次，栅栏粗鲁地使人联想到他作为永恒囚徒的处境：一次见他一动不动，闭着眼睛；另一次也是一动不动，出神地瞅着一枝气味浓烈的山道年枝条。

那时候，我已自鸣得意地开始系统学习拉丁文。我衣箱里带着洛蒙德的《名人传》、基切拉特的《文选》、朱利乌斯·恺撒的评论和一本不成套的普林尼的《自然史》,那些书当时和现在都超出了我作为拉丁文学者的有限功力。小镇上,一点芝麻绿豆的小事都传得很快,住在湖边小屋的伊雷内奥没过多久就听说镇上到了这些少见的书籍。他给我写了一封文笔华丽、措辞客气的信,信中提到"一八八四年二月七日"我们短暂得使人遗憾的邂逅,赞扬了在那一年去世的我舅舅堂格雷戈里奥·阿埃多"在英勇的伊图萨因戈战役[1]中为两个国家立下的光荣功劳",请求我随便借一本拉丁文书给他,并且附一本字典,"以便更好地了解原著,因为我目前还不会拉丁文"。他保证在极短的时间里完好地归还书和字典。书法完美清秀,拼写按照安德列斯·贝略[2]主张的那样,把 y 写成 i,g 写成 j。乍一看,我自然而然地认为是开玩笑。我的表兄弟们向我保证说不是玩笑,而是伊雷内奥的玩意儿。我觉得学习艰深的拉丁文除了一本字典之外不需要别的工具,这种想

1　1827 年这场战役中阿根廷人和乌拉圭人在阿根廷将军阿尔韦亚尔指挥下打败巴西人。参见第 10 页注 1。
2　Andrés Bello (1781—1865),委内瑞拉作家、学者,翻译过许多拉丁文和法文的诗歌,并创作诗歌和剧本,著有《与诗谈论》、《文学史大纲》、《人权原则》、《国际法原则》、《西班牙语语法》、《西班牙语的正音和韵律原则》等。

法不知该算是无耻、无知或是愚蠢；为了让他头脑清醒清醒，我给他送去了基切拉特的《诗文津梁》和普林尼的作品。

二月十四日，布宜诺斯艾利斯给我来一份电报，让我火速回去，因为我父亲"情况不妙"。上天可怜，作为一份紧急电报收报人的重要性，想让弗赖本托斯全镇的人知道消息的消极形式和"不妙"那个断然的副词之间的矛盾的愿望，故作男子汉的坚强从而使我的悲伤更富于戏剧性的诱惑，也许转移了我感到痛苦的全部可能性。我收拾衣箱时，发现少了《津梁》和《自然史》的第一卷。土星号轮船第二天上午就要起航；当天晚饭后，我朝富内斯家走去。使我吃惊的是夜晚的凄凉程度并不低于白天。

富内斯的母亲在整洁的小屋里接待了我。她告诉我说富内斯在后屋，如果屋里漆黑不必奇怪，因为伊雷内奥已经习惯于不点蜡烛，消磨沉闷的时光。我穿过铺砖的院子和一条小走廊，到了第二个院子。有一株葡萄藤，其余几乎是漆黑一片。突然间，我听到伊雷内奥带有嘲弄意味的尖声音。那声音在讲拉丁语；那个从黑暗里传来的声音拿腔拿调、自得其乐地在背诵一篇讲演、祈祷或者经文。古罗马的音节在泥地的院子里回荡；我惊愕之下觉得那些音节无法解释、没完没了；后来，在那晚的长谈中，我才知道他背诵的是《自然史》第七卷第二十四章第一段。那一章的内容涉及记忆力，最后一句话是"耳闻之事皆成文章"。

伊雷内奥声调没有任何改变，请我进屋。他躺在小床上抽烟。我觉得在天亮之前看不到他的脸，只记得他吸烟时发红的烟头。屋子里有一股淡淡的潮味。我坐下，重述了电报和我父亲生病的事。

现在到了我故事中最困难的一点。也许该让读者早知道，故事情节只是五十年前的一次对话，他的原话现在已记不清了，我不打算复述，我只想忠实地总结一下伊雷内奥对我讲的许多事。间接叙述显得遥远而软弱无力，我明白我的故事会打折扣，我的读者们可以想象那晚断断续续谈话的情形。

伊雷内奥首先拉丁语和西班牙语并用，列举了《自然史》中记载的超凡记忆力的事例：波斯国王西罗能叫出他军队里每一个士兵的名字；庞塔斯古国的密特里达特斯大帝能用二十二种语言治理他的帝国；希腊诗人西蒙尼德斯发明了记忆训练法；梅特罗多罗只要听人念一次，再长的文章都能一字不差地背诵出来。他确实不明白这类事情有什么惊人之处。他对我说，在淡青色的马把他甩到地上的那个多雨的下午之前，他同一般人毫无区别：可以说又瞎又聋，懵懵懂懂，什么都记不住。（我提醒他，他有精确的时间感，他记得清别人的姓名和父名；他却不理会。）他生活过的十九年仿佛是一场大梦：视而不见，听而不闻，忘性特大，什么都记不住。从马背上摔下来之后，他失去了知觉；苏醒过来时，眼前的一切是那么纷繁、那么清晰，以前再遥远、再细小的事都记得那么清晰，简直难以忍受。不久之后，他发现自己已经瘫痪。他并不在意。我觉得他认为动弹不得是最小的代价。如今他的理解力和记忆力好得不能再好了。

我们一眼望去，可以看到放在桌子上的三个酒杯；富内斯却能看到一株葡萄藤所有的枝条、一串串的果实和每一颗葡萄。他记得一八八二年四月三十日黎明时南面朝霞的形状，并且在记忆中同他只见过一次的一本皮面精装书的纹理比较，同克夫拉乔[1]暴乱前夕船桨在内格罗河激起的涟漪比较。那些

1　乌拉圭派桑杜省地名。1886年，以卡斯特罗和阿雷东多为首发动反对临时总统维达尔的武装暴乱，被忠于维达尔的特赫斯将军平息。

并不是单纯的回忆，每一个视觉形象都和肌肉、寒暖等等感觉有联系。他能够再现所有的梦境。他曾经两三次再现一整天的情况，从不含糊，但每次都需要一整天时间。他对我说："我一个人的回忆抵得上开天辟地以来所有人的回忆的总和。"又说："我睡觉时就像你们清醒时一样。"天将亮时，他说："我的记忆正如垃圾倾倒场。"我们能够充分直感的形象是黑板上的一个圆圈、一个直角三角形、一个菱形；伊雷内奥却能直感马匹飞扬的鬃毛、山冈上牲口的后腿直立、千变万化的火焰和无数的灰烬，以及长时间守灵时死者的种种面貌。我不知道他看到天上有多少星星。

他对我讲了这些事情，当时和以后我都深信不疑。那年头没有电影和留声机，但无可置疑而难以置信的是谁都没有在富内斯身上做过实验。确切的是在生活中凡是能往后拖的事我们总是往后拖；也许我们都深信自己是不朽的，深信人迟早都会无所不能、无所不知。

富内斯的声音继续在黑暗中讲话。

他告诉我，他在一八八六年想出一种独特的记数法，几天之内就超过了两万四千。他没有用文字写下来，因为他只要想过一次就再也忘不了。最初促使他思考的是东岸三十三这组字[1]需要两个符号和三个字，他觉得麻烦，按照他的方法只需要一个符号和一个字。然后他把这个异想天开的原则应用到别的数字上。比如说，他用马克西莫·佩雷斯代替7013；用铁路代替7014；路易斯·梅利安、拉菲努尔、奥利瓦尔、硫磺、驮鞍、鲸鱼、煤气、锅炉、拿破仑、阿古斯丁·德·贝迪亚都分别代表一个数字。他用玖代替五百。每个字有一个特殊的符号，仿佛是某种标记；越到后面的数字越复杂……我试图向他解释，那种用毫无内在联系的字记数的狂想和科学的记数法是背道而驰的。我告诉他，人们说365这个数字时，就表明三个百位数、六个十位数和五个个位数；如果用黑蒂莫特奥和装肉麻袋来表示两个数字根本无从分析。富内斯不明白我的意思，或者不想明白。

---

1 1821年7月18日，乌拉圭东岸被巴西吞并，改名为普拉塔西岸。1825年，拉瓦列哈上校率领流亡布宜诺斯艾利斯的三十三名乌拉圭人回国，在数百名乌拉圭爱国者的协助下，围困蒙得维的亚，1825年8月25日宣布独立。三十三人组织了两千名士兵，得到阿根廷帮助，于1827年2月20日在伊图萨因戈击败巴西军队，1828年8月27日双方在蒙得维的亚签订和约，巴西及阿根廷均放弃对东岸的领土要求，1830年7月18日颁布乌拉圭东岸共和国宪法。

十七世纪时，洛克[1] 指出（或者指摘说）每一件具体事物、每一块石头、每一只鸟、每一根树枝都有其专名的语言是不可能的；富内斯也曾设计过一种相似的语言，但后来弃置不用了，因为他认为过于一般化，过于含混。事实上，富内斯非但记得每一座山林中每一株树的每一片叶子，而且还记得每次看到或回想到它时的形状。他决心把以往的每一天简化成七万左右的回忆，然后加以编号。后来出于两种考虑，他打消了原意：一是认识到这件工作没有止境，二是认识到这种做法没有用。他觉得到死的那天也来不及把他儿时的回忆全部加以分类。

我提到的两项计划（一部自然界事物的无穷尽的编码词汇，一部回忆印象的无用的腹稿目录）是荒谬的，但透露了某种难以言说的伟大。它们让我们看到或者猜测到富内斯的眼花缭乱的精神世界。我们不能忘记，富内斯几乎不会进行一般的、纯理论的思维。他非但难以理解"狗"这个共性符号包括不同大小、不同形状的许许多多、各色各样的个别的

---

1 John Locke (1632—1704)，英国哲学家，有"英国经验主义之父"之称，主张用实验方法研究科学和哲学。他历时十七年写下著名的《人类理解论》。

狗；麻烦的是，从侧面看的编号为3-14的狗，名称会和从正面看的编号为3-4的狗一样。他每次在镜子里看到自己的脸和自己的手也会吃惊。斯威夫特说小人国的皇帝能看到钟表分针的移动，富内斯不断地看到腐烂、蛀牙和疲劳的悄悄的进程。他注意到死亡和受潮的进展。他是大千世界的孤独而清醒的旁观者，立竿见影，并且几乎难以容忍的精确。巴比伦、伦敦和纽约以它们的辉煌灿烂使人们浮想联翩、目不暇接；但是在它们的摩肩接踵的高楼和熙熙攘攘的大街上，谁都不像在南美洲城郊不幸的伊雷内奥那样日夜感到沸腾现实纷至沓来的热力和压力。他很难入睡。睡眠是摆脱对世界的牵挂；而富内斯仰面躺在床上，在黑暗中思索着他周围房屋的每一条裂罅和画线。（我得重复一遍，他的最微不足道的回忆比我们觉察的肉体快感和痛苦更鲜明、更丝丝入扣。）东面还没有划成街区的地方盖了一些新的、陌生的房屋。富内斯想象它们是黑色的、密实的，由一片均匀的黑暗所组成；他睡觉时便把脸对着那个方向。他还常常想象自己沉在河底，由流水摇晃着、放浪形骸。

他不费多少力气就学会了英语、法语、葡萄牙语、拉丁语。但我认为他思维的能力不是很强。思维是忘却差异，是归纳，是抽象化。在富内斯的满坑满谷的世界里有的只是伸手可及的细节。

拂晓的光亮迟疑地来到泥地的院子。

那时我才看清那张讲了一整夜话的脸。伊雷内奥十九岁，生于一八六八年；我觉得他像是一尊青铜雕像，比埃及更古老，早在预言和金字塔之前就已存在。我认为我的每一句话（我的每一个手势）将永远保存在他毫发不爽的记忆里；我不敢做无用的手势，因此十分拘谨。

伊雷内奥·富内斯由于肺充血在一八八九年去世。

一九四二年

刀　疤

　　他脸上有一条险恶的伤疤：一道灰白色的、几乎不间断的弧线，从一侧太阳穴横贯到另一侧的颧骨。他的真实姓名无关紧要，塔夸伦博的人都管他叫作红土农场的英国人。那片土地的主人，卡多索，起先不愿意出售。我听说那个英国人出了一个意想不到的主意：他把伤疤的秘密故事告诉了卡多索。英国人来自南里奥格兰德边境地区，不少人说他在巴西干走私买卖。红土农场的土地上荒草丛生，河水苦涩，英国人为了改变这种情况，跟雇工们一起干活。据说他严厉到了残忍的地步，不过办事十分公道。还说他爱喝酒，一年之中有两三次躲在那个有凸肚窗的房间里，猛喝两三天，再露面时像打过一仗或者昏厥之后苏醒过来似的，脸色苍白，两

15

手颤抖，情绪很坏，不过仍旧跟先前一样威严。至今我还记得他冷冰冰的眼神、瘦削精悍的身躯和灰色的小胡子。他跟谁都不来往，他的西班牙语也确实差劲，讲起话来像巴西人[1]。除了偶尔有些商业信函或者小册子以外，从来没有人给他来信。

我最近一次在北方省份旅行的时候，遇上卡拉瓜塔河水暴涨，只能在红土农场过夜。没待几分钟，我发现自己来得不是时候；我想讨好那个英国人，便把谈话转到了一个不痛不痒的题目上——爱国主义。我说一个具有英吉利精神的国家是不可战胜的。主人表示同意，可又微笑着补充说他并不是英国人。他是爱尔兰登加凡地方的人。话刚出口，他立刻停住，好像觉得泄漏了一个秘密似的。

晚饭后，我们到外面去看看天色。已经放晴了，可是南方尖刀一般的山峰后面的天空，不时被闪电划破，另一场暴风雨正在酝酿。我们回到那个简陋的饭厅，刚才侍候我们吃饭的雇工端来一瓶朗姆酒。我们两人默不作声地喝

---

1 巴西讲葡萄牙语，葡萄牙语和西班牙语相近。

了好长时间。

不知过了多久，我发现自己有点醉意；不知是由于高兴还是由于腻烦，我忽然异想天开，提到了他脸上的伤疤。英国人脸色一沉，有好几秒钟冷场，我以为他准会把我撵出去。最后，他声调一点没有改变，对我说道：

"我不妨把这个伤疤的来历告诉你，可是有一个条件：不论情节多么丢人，多么不光彩，我都如实讲来，不打折扣。"

我当然同意。下面就是他的故事，讲的时候英语夹杂着西班牙语，甚至还有葡萄牙语。

一九二二年前后，康诺特[1]的一个城里有许多策划争取爱尔兰独立的人，我是其中之一。我当时的伙伴中间，有些人如今仍旧健在，从事和平的工作；有些人说来也怪，目前在海上或者沙漠里为英国旗帜战斗；还有一个最勇敢，拂晓时分在一个军营的场院里被那些睡眼惺忪的士兵枪决了；再有一些（并非最不走运的）在内战默默无闻甚至几乎是秘密的

---

1 爱尔兰西北部省份。

战斗中找到归宿。我们是一伙拥护共和、信奉天主教的人，我想我们还是浪漫主义者。在我们看来，爱尔兰不仅有难以忍受的现在，有乌托邦似的将来，它还是一个辛酸而可爱的神话；有圆塔，有红色的沼泽，是巴涅尔[1]的反抗，是歌颂盗牛的史诗，那些牛有时是英雄的化身，有时又是鱼和山的化身……一天下午，我记得很清楚，有一个成员，一个名叫约翰·文森特·穆恩的人从芒斯特省来到我们这里。

他年纪不到二十岁，又瘦小又窝囊，像无脊椎动物似的叫人看了不舒服。他带着死心眼的狂热熟读了一本不知什么名字的共产主义的小册子，无论谈论什么问题，总是用辩证唯物论来下结论。你有无数理由可以厌恶或者喜欢一个人，穆恩却把全部历史归纳为肮脏的经济冲突。他断言革命注定要胜利。我说仁人志士应当力挽狂澜，站在失败的一方……已经很晚了，我们从走廊、楼梯一直争论到街上。给我深刻印象的不是穆恩的观点，而是他那不容置辩的声调。这个新来的同志不是在讨论问题，而是带着轻蔑和愠怒在发号施令。

1　Charles Stewart Parnell（1846—1891），爱尔兰政治家，反抗英国统治、主张爱尔兰自治的领袖。

我们走到市区尽头，周围的房屋稀稀拉拉，这时突然响起一阵枪声，使我们大吃一惊（在这前后，我们经过了一家工厂或者一座军营的围墙）。我们赶紧拐进一条土路。一个士兵从着火的棚屋里出来，映着火光，身躯显得特别高大。他厉声吆喝，叫我们站住，我加快了脚步，我那个伙伴却没有跟上来。我转过身，只见约翰·文森特·穆恩吓得一动不动，呆若木鸡。我马上再往回跑，一拳把那个士兵打倒在地，使劲推推文森特·穆恩，狠狠骂他，叫他跟我走。他吓瘫了，我只得拽住他的胳臂拉着他跑。我们在火光四起的黑夜里夺路而逃，背后响起一阵密集的枪声。穆恩的右肩给一颗子弹擦过，我们逃进小松林时，他竟然抽抽搭搭地哭了起来。

　　那一年，一九二二年秋天，我在贝克莱将军的乡间宅第驻防。将军当时在孟加拉担任不知什么行政职务，我从没有见过他。那座房屋盖了还不到一百年，但很破败阴暗，有许多曲折的走廊和无用的前厅。古董摆设和大量藏书占据了底层：那些书百家争鸣，互不相容，从某种意义上说来正好代表了十九世纪的历史；波斯内沙布尔的腰刀缓和的弧线上仿佛还遗留着古战场的风声和残酷。我记得我们是从后院进屋的。穆恩嘴唇颤抖干燥，喃喃地说那晚的经历很有趣；我替他倒了一杯茶，包扎了伤口，发现他挨的那枪只擦破了一点皮肉，没有伤筋动骨。突然，他迷惑不解地说：

"可是你冒了很大的危险。"

我叫他不必担心（内战的习惯迫使我刚才非那样做不可，何况一个成员被捕有可能危害我们的整个事业）。

第二天，穆恩已经恢复了镇静。他接过我给他的一支烟，然后严格地盘问我，要了解"我们革命党的经济来源"。他提的问题很有条理，我实话实说，告诉他情况很严重。南面枪声激烈。我对穆恩说，伙伴们在等着我们。我的大衣和手枪在我自己的房间里，我取了回来时，发现穆恩两眼紧闭，躺在沙发上，他觉得自己在发烧，诉说肩膀痛得厉害。

我明白他已经怯懦到了不可救药的地步，我尴尬地请他自己多加保重，然后向他告别。那个胆小的人叫我害臊，好像胆小鬼是我，不是文森特·穆恩。一个人的所作所为和所有的人都有共同之处，因此，把花园里的一次违抗说成是败坏了全人类不是不公平的，说一个犹太人被钉上了十字架就足以拯救全人类也不是不公平的。[1]叔本华的名言：我即他人，人皆众生，也许有道理。从某种意义上说，莎士比亚就是那个可悲的约翰·文森特·穆恩。

我们在将军的大宅里待了九天。关于战争的痛苦和希望我不想评论，我的目的是叙说这条使我破相的伤疤。那九天在我的记忆中似乎成了一天，除了最后第二天。那天，我们的人冲进了一座军营，杀了十六个士兵，替我们在艾尔芬被机枪扫射死去的十六个同志报了仇。天蒙蒙亮的时候，我从那座房子里溜了出来，傍晚才回去。我的伙伴在二楼等我，他因为伤痛不能下到底层。我记得他手里拿着一本有关战略的书，毛德或者克劳塞维茨[2]的作品。有一晚，他曾对我说过："我最喜欢的武器是大炮。"他打听我们的计划，夸夸其谈地加以批评或者修改。他还经常抨击"我们可悲的经济基础"，武断而阴沉地预言结局肯定一团糟。他嘀咕着说："这

---

1 这里指《圣经》中人类始祖亚当和夏娃违犯上帝命令吃了禁果从而被逐出伊甸园和耶稣被钉十字架的故事。
2 Carl von Clausewitz（1780—1831），普鲁士将军，曾任柏林军事学校校长，著有《战争论》等。

件事完蛋了。"他为了表明并不介意自己肉体的懦弱，竭力显示头脑的敏锐。我们就这样好歹过了九天。

第十天，爱尔兰皇家警察辅助部队[1]完全控制了城市。高大的骑兵悄悄地在街上巡逻，风中夹着灰烟；我从街角望见广场中央吊着一具尸体，仿佛软荡荡的人体模型，士兵们拿它当靶子，不停地练习枪法……我那天清晨出门，午前就回来了。穆恩在图书室里和谁正讲着话，我听声调知道他在打电话。我听见他提到我的名字，接着又说我晚上七点钟回来，还出点子说可以等我穿过花园时逮捕我。我那位十分理智的朋友正在十分理智地出卖我。我还听到他要求保证他的人身安全。

故事的头绪到这里就乱了，也断了。我只记得那个告密者要逃跑，我穿过梦魇似的黑走廊和使人晕眩的长楼梯穷追不舍。穆恩很熟悉房子的布局，比我清楚得多，有几次几乎被他逃脱。但在士兵们抓住我之前，我把他逼到一个死角。我从墙上将军的兵器摆设中抽出一把弯刀，用那半月形的钢

---

1 此处原文为 Black and Tans（黑色与棕色），指 1920 年英国招募的非正规军，前往爱尔兰支援皇家警察，成员穿棕黄色卡其制服和爱尔兰皇家警察的黑色皮革装备，因此得名。

刃在他脸上留下了一条半月形的永不消退的血的印记。博尔赫斯，你我虽然素昧平生，我把这事的真相告诉了你。你尽可以瞧不起我，我不会难受的。

　　他说到这里停住了。我发现他的手在颤抖。

　　"穆恩后来怎么啦？"我问道。

　　"他领到了犹大[1]的赏钱，逃到巴西去了。那天下午，他看到几个喝醉的士兵在广场上把一个模型似的人当靶子射击。"

　　我等他讲下去，可是半晌没有下文。最后我请他往下讲。

　　于是他呻吟一声，怜惜地把那条弯曲的灰白伤疤指给我看。

　　"难道你不信吗？"他喃喃地说。"难道你没有看到我脸上带着卑鄙的印记吗？我用这种方式讲故事，为的是让你能从头听到尾。我告发了庇护我的人，我就是文森特·穆恩。现在你蔑视我吧。"

一九四二年

1　耶稣十二门徒之一，后出卖耶稣，得到三十枚银币。

叛徒和英雄的主题

于是，柏拉图年[1]

卷走了新的是非观，

带来了相反的老概念；

所有的人跳起舞，他们的脚步

进入野蛮喧闹的锣鼓点。

威·勃·叶芝：《塔》

在切斯特顿（他撰写了许多优美的神秘故事）和枢密顾问莱布尼茨（他发明了预先建立的和谐学说）明显的影响下，我想出了这个情节，有朝一日也许会写出来，不过最近下午闲来无事，我先记个梗概。这个故事还有待补充细节，调整修改；有些地方我还不清楚；今天，一九四四年一月三日，我是这样设想的：

故事情节发生于一个被压迫的顽强的国家：波兰、爱尔兰、威尼斯共和国、南美或者巴尔干半岛上某一个国家……说得更确切一些，那是从前的事，尽管说书的是当代人，他讲的却是十九世纪中叶或者初叶的事。为了行文方便，我们不妨说地点是爱尔兰，时间是一八二四年。说书人名叫瑞安，他的曾祖父是年轻英俊、遭到暗杀的弗格斯·基尔帕特里克。基尔帕特里克的墓穴神秘地遭到挖掘，他的名字出现在勃朗宁和雨果的诗歌里，他的塑像耸立在红色沼泽地环绕的一座灰色的小山头。

基尔帕特里克是密谋者，是密谋者们秘密而光荣的领袖；正如从莫阿布远眺而不能到达想望之地的摩西一样，基尔帕特里克在他策划和梦想的起义获胜前夕死去。他去世一百周年的纪念日快到了，罪行的情节还是不解之谜，从事于编写英雄传记的瑞安发现这个谜已超出单纯的警察侦缉的范围。基尔帕特里克是在剧院里遭到暗杀的，不列颠警察一直没有找到凶手，历史学家宣称这一失败无损于不列颠警方的声誉，因为指使暗

1　天文学概念，指二万五千年的周期，经过这一周期后所有星辰复归原位。

杀的也许就是警方本身。谜的其他方面使瑞安感到不安。它们带有周期性：似乎重复或组合遥远地区和古老年代的事件。谁都注意到，法警们检查英雄尸体的时候，发现一封没有打开的信，信中警告他那晚去剧院有危险；尤利乌斯·恺撒前往朋友们的匕首等候他的地点时，也收到一封短简，透露了背叛的阴谋和叛徒们的姓名，但他当时来不及看。恺撒的妻子卡尔布尼亚梦见长老院下令为他修建的那座高塔被推倒了；基尔帕特里克被害的前夕，全国谣传基尔加凡的一座圆塔焚毁，这件事似乎也是预兆，因为基尔帕特里克出生在基尔加凡。这些（以及别的）类似现象在恺撒的历史和一个爱尔兰密谋者的历史里不一而足，使瑞安不由得认为有一种隐秘的时间形式，有一种重复出现的线条图形。他想到孔多塞[1]提出的十进制历史学，黑格尔、施宾格勒和维柯[2]提出的形态学，赫西奥德[3]提出的人类

---

1 Nicolas de Condorcet（1743—1794），法国哲学家、数学家，提出人类可以无限自我完善。
2 Giambattista Vico（1668—1744），意大利哲学家，著有《新科学》。
3 Hesiod，公元前 8 世纪希腊诗人，著有《神谱》、《工作与时日》，他把人类历史划分为黄金、白银、青铜、英雄和铁器五个时期。太古时期，民风淳朴，是为黄金时代，以后每况愈下，战争频仍，是为铁器时代。

从黄金时代堕落到铁器时代的学说。他想到灵魂轮回，这一学说给凯尔特文化添了恐怖气氛，连恺撒本人都把它同不列颠的德落伊巫师联系起来；他想弗格斯·基尔帕特里克在成为弗格斯·基尔帕特里克之前准是尤利乌斯·恺撒。一项奇特的核实使他摆脱了循环往复的迷宫，然后又把他带进错综复杂、一团乱麻似的新迷宫：一个乞丐在弗格斯·基尔帕特里克遇害的当天同他说了几句话，而这几句话早由莎士比亚在他的悲剧《麦克白》中预先展示过。历史照抄历史已经够令人惊异的，历史照抄文学简直令人难以想象……瑞安了解到，一八一四年，英雄最老的伙伴，詹姆斯·亚历山大·诺兰，把莎士比亚的主要剧本译成了爱尔兰的方言盖尔语，其中有《尤利乌斯·恺撒》。他在档案里还发现诺兰的一篇有关瑞士戏剧节的手稿，戏剧节是庞大的流动演出，要求几千名演员参加，剧目重现在城市和山区发生的真实历史事件。另一份人所未知的文件表明，在结局之前几天，基尔帕特里克主持最后一次秘密会议时，签署了一个叛徒的死刑判决书，叛徒的姓名已被涂抹。这一判决同基尔帕特里克一贯的仁慈作风很不谐调。瑞安调查了这件事（调查经过是故事中讳莫如深的地方之一），终于解开了谜。

基尔帕特里克是在一个剧院里遇害的，其实整个城市已经成为一座大剧院，演员不计其数，那出以他的死亡为高潮的戏剧持续了许多日日夜夜。经过情形是这样的：

一八二四年八月二日，密谋者举行秘密会议。全国起事的条件已经成熟，但是总有一些环节出问题：秘密会议成员中有个叛徒。弗格斯·基尔帕特里克委派詹姆斯·诺兰挖出叛徒。诺兰执行了任务：在领导人全体会议上宣布叛徒就是基尔帕特里克。他以无可辩驳的证据表明指控的确凿，密谋者把他们的领袖判决死刑。领袖签署了自己的判决书，但是请求处决方式以不损害祖国利益为原则。

于是诺兰想出一个奇特的方案。爱尔兰崇拜基尔帕特里克，对他可耻行径的最细微的起疑都会危害起义；诺兰提出一个计划，使叛徒的处决转化为解放祖国的动力。他建议被判死刑的人死于一个身份不明的刺客手下，情节要富于戏剧性，给人们印象深刻，从而推动起义。基尔帕特里克发誓予以合作，取得赎罪的机会，签署了处死自己的方案。

适逢其会的诺兰不知道怎么完整地策划这个复杂计划的所有情节；他不得不抄袭另一个剧作家，抄袭敌对的英国的威廉·莎士比亚。他重复了《麦克白》和《尤利乌斯·恺撒》的场景。公开和秘密演出进行了好几天。被判死刑的人到了都柏林，他争论、行动、祈求、谴责、发表感人至深的讲话，那些反映光荣的表演一招一式都由诺兰预先规定。数百名演员和主角密切合作；某些演员的角色比较吃重；另一些则跑跑龙套。他们说的话、干的事垂诸青史，留在爱尔兰激昂的记忆中。这一拯救并葬送基尔帕特里克的细心安排使他大为激动，以至于不止一次地作了一些即兴表演和讲话，丰富了法官提供的脚本。这场演员众多的戏按时展开，直到一八二四年八月六日，在一个模仿林肯总统遇刺时所坐的凄凉的剧院包厢里，一颗盼望已久的子弹射进了叛徒和英雄的胸膛，他两次口喷鲜血，几乎来不及说出预先准备的话。

在诺兰的作品里，模仿莎士比亚的段落最缺少戏剧性，瑞安猜想著者插进这些段落的目的是日后让人发现真相。他知道他本人也成了诺兰策划的剧情的一部分……经过苦苦思索，他决定闭口不谈他的发现。他出版了一本颂扬英雄光荣的书，那或许也在预料之中。

死亡与指南针

献给曼迪·莫利纳·维迪亚

在伦罗特运用大胆敏锐的分析能力所处理的众多问题中，再没有比那一系列定期发生、在桉树飘香的特里斯勒罗伊别墅告终的血腥事件更奇怪的，甚至可以说是匪夷所思。埃里克·伦罗特固然没能防止最后一件罪行的发生，但无可否认的是他已经预先料到。他固然没有猜中暗杀雅莫林斯基的凶手的身份，但推测到这一系列罪恶的隐秘性质和"红"夏拉赫（另一个绰号是"花花公子"夏拉赫）的插手。这名罪犯，如同许多别的罪犯一样，发誓非要伦罗特的命不可，伦罗特却不被吓倒。伦罗特自称是奥古斯特·杜宾[1]之类的纯推理家，但他也有冒险家，甚至赌徒的性格。

第一件罪行发生在北方旅馆——位于黄水滚滚的河畔的一座高大的棱柱形建筑。那座塔楼兼有疗养院可憎的白色、监狱的划分编号和藏垢纳污的外貌。十二月三日，来了一个灰胡子、灰眼睛的人，他是参加第三次犹太教法典研讨会的波多尔斯克地区的代表，马塞洛·雅莫林斯基博士。我们永远不会知道他是否喜欢北方旅馆：反正他逆来顺受地接受了，这种心理状态由来已久，伴随他忍受了喀尔巴阡山区的三年战斗生活和三千年的欺压和排犹迫害。旅馆给他安排在 R 层的一个房间，正对着加利利地方长官的豪华套间。雅莫林斯基吃了晚饭，准备第二天去观光这个陌生的城市，把他的许多书籍和极少的衣物放在壁柜里，午夜之前熄灯上床。（这是住在隔壁房间里的加利利长官的汽车司机说的。）十二月四日上午十一点零三分，《意第绪报》一个编辑打电话来；雅莫林斯基博士没有接电话；结果在房间里发现了他，披着一件老

---

1 美国作家爱伦·坡的推理小说《莫格街谋杀案》、《被窃的信件》和《玛丽·罗热的秘密》中一个精明强干的业余侦探，据说确有其人，爱伦·坡从友人处听说他的事迹，做了艺术加工。

式的大罩袍，里面几乎赤裸，脸色微显紫黑，他倒在通向走廊的房门口；前胸深深插着一把匕首。两小时后，房门里满是新闻记者、摄影师、宪兵，警察局长特莱维拉努斯和伦罗特也在其中，平静地争辩着。

"没有必要在鸡蛋里找骨头，"特莱维拉努斯挥着一支粗大的雪茄说。"大家都知道加利利地方长官拥有世界上最好的蓝宝石。有人想偷宝石，走错房间，闯进这里。雅莫林斯基受了惊动起身，小偷不得不杀了他。你的意见呢？"

"有可能，但是不有趣，"伦罗特说。"你会反驳说，现实不一定非有趣不可。我的答复是，现实可以不承担有趣的义务，但不能不让人作出假设。在你的假设里，偶然的因素太多了。这里的死者是个犹太教博士，我倾向于纯粹从犹太教博士的角度来解释，不多考虑假想的小偷引起的假想的不幸事件。"

特莱维拉努斯不高兴地说：

"我对犹太教博士的解释不感兴趣，我只关心抓住杀死这个陌生人的凶手。"

"并不太陌生，"伦罗特纠正他说。"这里有他的全集。"

他指指壁柜里一排大部头的书籍：一本《神秘哲学辨》、一本《罗伯特·弗勒德哲学探讨》、一部《塞弗·叶齐拉》的直译本、一部《巴尔·谢姆传》、一本《哈西德教派史》、一本有关四个字母的名字的专著（用德文写的）、另一本有关摩西五书的术语的专著。警察局长带着畏惧甚至厌恶的神情望望那些书。接着他笑出声来。

"我是个可怜的基督徒，"他说。"你愿意的话，把这些大部头书都拿去吧，我不能把时间浪费在犹太人的迷信方面。"

"也许这件罪案同犹太人迷信的历史有关，"伦罗特喃喃说。

"正如基督教一样，"《意第绪报》的编辑壮着胆子补充了一句。他眼睛近视，不信神，胆子极小。谁也没有理他。一个警探在小打字机上发现一张纸，上面有一句没完的句子：

名字的第一个字母已经念出。

伦罗特忍住微笑。他突然有了藏书或者研究希伯来语言文化的爱好，吩咐探员把死者的书籍打包，送到他的寓所。他不理会警方的调查，埋头研究那些书籍。一本大八开的书记载了虔诚教派的创始人伊斯雷尔·巴尔·谢姆·托布的教导；另一本谈四个字母的名字，也就是神的名字的功能和恐怖；还有一本的主题是神有一个秘密的名字，其中概括了他的第九属性，永恒，也就是立即了解宇宙过去、现在和将来的种种事物，正如波斯人认为马其顿的亚历山大大帝能从水晶球里看到一切。传说神有九十九个名字；希伯来语言文化学家认为这个不全的数字是出于对偶数魔力的畏惧；哈西德教派则认为这个欠缺说明还有第一百个名字，也就是绝对名字。

几天后，《意第绪报》的编辑打扰了他的研究。编辑来访，想谈谈凶杀案；伦罗特却谈神的种种名字；那位编辑在一篇占三栏篇幅的报道里宣称调查本案的埃里克·伦罗特最近一直在研究神的名字，以便发现凶手的姓名。伦罗特已经习惯于新闻报道简单化的作风，并不生气。有一个出版商发觉人们甘心于购买任何书籍，居然出版了《哈西德教派史》的简装本。

一月三日晚上，首都西郊一个十分荒凉的地方发生了第二件罪案。四日天亮时，在这一带骑马巡逻的宪兵发现一家关闭的油漆厂门口倒着一个披斗篷的人。血污满面，仿佛戴着红面具；前胸深深插着一把匕首。墙壁红黄两色的菱形图案上有几个炭写的字。宪兵辨认出什么字……当天下午，特莱维拉努斯和伦罗特前去偏远的犯罪现场。汽车左右两旁，城市逐渐解体；天空越来越宽广，房屋稀少了，偶尔可以看到一个砖瓦厂或者一株杨树。他们到达了凄凉的目的地：小街粉红色的土坯墙仿佛反映着恣肆的夕阳。死者身份已经辨明。他是丹尼尔·西蒙·阿塞韦多，在北郊老区有点名气，从车把式爬到选区打手，又堕落成为小偷和告密者。（他独特的死状似乎符合他的身份：阿塞韦多是一代善于使匕首而不会用手枪的歹徒的最后代表人物。）用炭写的字是这样的：

名字的第二个字母已经念出。

第三件罪案是二月三日晚上发生的。快一点钟时，警察局长特莱维拉努斯办公室的电话响了。说话的是一个喉音很重的男人，显然不想让别人知道，说他姓金茨伯格（或者是金斯勃格），愿意以合理的报酬提供有关阿塞韦多和雅莫林斯基被害的情报。嘈杂的口哨和喇叭声淹没了告密者的声音。接着，电话断了。特莱维拉努斯不排斥开玩笑的可能性（那几天正好是狂欢节），但还是查出对方是从土伦路的利物浦酒店打的电话，那条散发着海水咸味的街道既有看西洋景的手推车和乳制品店，又有妓院和兜售《圣经》的行贩。特莱维拉努斯找酒店老板谈了话。老板名叫布莱克·芬尼根，爱尔兰人，以前犯过罪，如今衣着讲究得出奇，他告诉特莱维拉努斯说，最后使用酒店电话的是一个姓格里菲斯的房客，刚和几个朋友出去。特莱维拉努斯立即赶到利物浦酒店。老板说了如下的情况：格里菲斯八天前租了酒吧楼上的一个房间。那人尖腮高鼻，一脸灰色胡子，黑色衣服很寒酸；芬尼根（特莱维拉努斯猜到他原先是把这个房间留给一个伙计住的）漫天要价；格里菲斯当即付了他开的房租，没有二话。他几乎从不出来，晚饭、中饭都在房里吃，也没有在酒吧露过脸。那晚，他下楼到芬尼根的办公室打电话。一辆厢式四轮马车停在酒店门口。车夫没有动窝，有几个街坊想起他戴着狗熊面具。车厢里下来两个打扮得像小丑似的人，个子都很矮小，谁都注意到他们醉得东倒西歪。他们吹着小喇叭，闯进芬尼根的办公室；同格里菲斯拥抱，格里菲斯似乎认识他们，但对他们很冷淡；他们用意第绪语交谈了几句——格里菲斯低声带喉音，那两个人尖声用假嗓音说话——然后一起上楼。一刻钟后三个人兴高采烈地下来；格里菲斯摇摇晃晃，仿佛醉得和那两个人一样。他给夹在那两个戴面具的小丑中间，高出一头，东倒西歪。（酒吧里的一个女人记得面具上黄、红、绿色的菱形图案。）他磕磕碰碰，倒了两次，两次都被小丑扶起来。他们朝附近长方形的船坞走去，上了马车，转眼不见了。后一个小丑踩上马车踏脚板时，在拐角的石板上乱画了一个淫猥的图形和一句话。

特莱维拉努斯看了那句话。几乎早已料到，那句话是这样的：

名字的最后一个字母已经念出。

随后，他检查了格里菲斯－金茨伯格的房间。地上有一块四溅的血迹；角落里有匈牙利牌子的烟蒂；柜子里有一本拉丁文的书——《希伯来古希腊文化研究》，莱斯敦著

（一七三九年）——里面有手写的评注。特莱维拉努斯看了就有气，派人把伦罗特找来。伦罗特顾不上脱帽子，一到就马上翻阅那本书，警察局长则盘问这起可能的绑架案的互相矛盾的证人。凌晨四点钟，他们离开了酒店。在弯弯曲曲的土伦路上，他们踩着狂欢节遗留下来的、狼藉一地的彩色纸带，特莱维拉努斯说：

"如果今晚的事只是一场演习呢？"

埃里克·伦罗特笑笑，把《研究》第三十三篇一段画线标出的文字郑重其事地念了出来：

"希伯来人的日子从傍晚开始，到第二天傍晚结束。"

对方试图挖苦他：

"这就是你昨晚得到的最有价值的材料？"

"不。更有价值的是金茨伯格说的一个字。"

下午出版的报纸没有忽略这些死亡或失踪的新闻。《剑形十字报》把这些事同最近一次隐士代表大会的严格纪律和日程相比；欧内斯特·帕拉斯特在《殉道者报》上谴责"一场秘密而有节制的排犹运动的不可容忍的拖延，用三个月的时间消灭了三个犹太人"；《意第绪报》排除了反犹太人阴谋的骇人听闻的假设，"虽然不少有识之士对三重的神秘案件无法得到更好的解答"；南方最出名的枪手"花花公子红"夏拉赫断言他的区域永远不会出现那类罪案，指控警察局长弗朗茨·特莱维拉努斯失职。

特莱维拉努斯三月一日晚上收到一个密封的大信封。他打开后发现里面有一封署名为巴鲁克·斯宾诺莎的信和一张显然是从贝德格旅行指南撕下来的城区详图。信中预言三月三日不会发生第四起罪案，因为西面的油漆厂、土伦路的酒店和北方旅馆是"一个神秘的等边三角形的精确顶点"；地图上用红墨水笔画出了这个完美的三角形。特莱维拉努斯耐心看了那篇几何学论证，把信和地图送给伦罗特——这些莫名其妙的东西只配给他。

埃里克·伦罗特细细研究。三个地点确实是等距离的。时间对称（十二月三日、一月三日、二月三日）；空间也对称……他忽然觉得快要破谜了。一个罗盘和一个指南针完成了他突如其来的直觉。他一笑，念念有词地说着最近才学到的"四个字母的名字"，打电话给警察局长说：

"谢谢你昨晚派人送来的等边三角形。它帮我解决了问题。明天星期五，罪犯们就能关进监狱，我们可以高枕无忧了。"

"那么说，他们没有进行第四件罪案的计划？"

"正因为他们在策划第四件罪案，我们才能高枕无忧。"伦罗特说罢就挂断了电话。一小时后，他搭上南方铁路公司的列车，前往废弃的特里斯勒罗伊别墅。我故事里提到的城市，南部有一条泥泞的小河，由于倾倒垃圾和制革厂排放的污水废料，河道已经淤塞。河对岸的郊区工厂林立，地痞流氓在一个巴塞罗那头子的庇护下如鱼得水。伦罗特心想，其中最出名的一个，"红"夏拉赫，愿意付出任何代价来了解他这次秘密来访，不禁笑了。阿塞韦多是夏拉赫的同伙，伦罗特曾考虑过夏拉赫是第四名受害者的可能性，后来又把它排除了……实际上他已经破了这个谜；一些简单的情况、一些事实（姓名、逮捕、审讯和判刑的手续）如今已不能引起他的兴趣。他想散散心，在三个月的案牍调查之后得到休息。他想，罪案的解答竟在一个不知名的三角形和一个古老的希腊字里，谜已经豁然开朗；花了一百天才弄清楚使他感到惭愧。

列车在一个寂静的货运站停住。伦罗特下了车。那是一个像黎明一样荒凉的下午。茫茫平原上的空气潮湿寒冷。伦罗特信步在田野上走去。他看到狗，避让线上有一节车皮，看到地平线，一匹白马在水塘边饮水。擦黑时，他看到特里斯勒罗伊别墅的长方形的望楼，几乎和周围的黑桉树一般高。他想，离那些寻找名字的人盼望的钟头只有一个黎明和一个傍晚（东方和西方的发白和夕照）。

别墅不规则的周边是一道生锈的铁栏杆。大门关着。伦罗特认为从大门进去的希望不大，便沿着栏杆绕了一大圈。他又回到关着的大门前面，几乎是机械地把手伸进栏杆，摸到了插销。铁器的吱呀声出乎他意料。大门吃力地被推开了。

伦罗特踩着多年干枯的落叶，在桉树丛中走去。特里斯勒罗伊别墅的房屋近看满是无用的对称和怪僻的重复：一个阴暗的石龛里一尊冰冷的雅典娜雕像同另一个石龛里另一尊雅典娜像遥遥相对；一个阳台是另一个阳台一模一样的反映；两溜石阶各有双排扶手。一座双面的赫尔墨斯雕像投下奇形怪状的影子。伦罗特像刚才绕着别墅那样绕着房屋走了一圈。他察看了所有的地方，发现平台脚下有一扇百叶门。

他推开门：几级大理石阶通向地下室。伦罗特直觉地感到建筑师的偏爱，猜想地下室对面也有石阶。他果然找到，踏着石阶上去，举手推开出口的地板门。

一丝亮光引导他走到窗前。他打开窗子：一轮黄色的满月在凄凉的花园里勾勒出两座干涸的喷泉的轮廓。伦罗特察看了房屋。从餐厅前室和走廊出去总是一模一样的天井，或者转来转去还是原来的天井。他顺着尘封的楼梯上去到了圆形的前厅；面对面的镜子反映出无数的形象；他懒得再打开窗子了，因为窗外总是那个荒凉的花园，只是望出去的高度和角度不同而已；屋里是一些蒙着黄色罩子的家具和蜷缩在网中的蜘蛛。一间卧室引起他的注意；里面一个瓷瓶插着一枝孤零零的花；轻轻一碰，干枯的花瓣纷纷掉落。在三层楼，也就是最后一层，他觉得房子大得无边无际，并且还在扩展。他想，房子实际上并没有这么大。使它显得大的是阴影、对称、镜子、漫长的岁月、我的不熟悉、孤寂。

他顺着螺旋形楼梯登上望楼。月光通过窗上的菱形玻璃透进来，玻璃是黄、红、绿三色的。他突然想起一件事，不禁目瞪口呆。

两个身材矮小而结实的人凶猛地扑上来，制服了他，解除了他的武装；另一个很高大，严肃地招呼他说：

"难为你啦。你省了我们一天一夜的时间。"

那是"红"夏拉赫。两个人捆住伦罗特的手。他终于缓过气来说：

"夏拉赫，你是在找那个秘密的名字吗？"

夏拉赫仍旧若无其事地站着。他没有参与刚才短暂的扭打，只伸手接过伙伴缴下的伦罗特的枪。他开口说话了，伦罗特从他的声音里听到一种疲倦的胜利感、一种像宇宙一般寥廓的憎恨、一种不比那憎恨小多少的悲哀。

"不，"夏拉赫说。"我寻找的是更短暂脆弱的东西，我寻找的是埃里克·伦罗特。三年前，你在土伦路一家赌场逮捕了我弟弟，把他下了大牢。我肚子上挨了警察一颗枪弹，多亏我手下人用马车把我从枪战中抢救出来。我在这个荒凉的对称的别墅里煎熬了九天九夜；高烧把我折磨得死去活来，那个既望着夕阳又望着朝霞的可憎的双面雅努斯雕像使我昏睡和清醒时都不得安宁。最后我厌恶自己的身躯，我觉得两个眼睛、两只手、两个肺同两张脸一般可怕。一个爱尔兰人试图让我皈依基督教；他不断地对我重复那句非犹太人的话：条条道路通向罗马。夜里，这个比喻使我更加谵妄：我觉得世界是个走不出来的迷宫，尽管有的道路通向北方，有的通向南方，实际上都通向罗马，我弟弟蹲在里面受苦的牢房和特里斯勒罗伊别墅也是罗马。在那些夜晚，我以那个两面神和所有掌管热病的神的名义发誓，必在那个害我弟弟蹲大牢的人周围筑一个迷宫。我筑起了迷宫，万无一失；建筑材料是一个被谋杀的异教学者、一个指南针、十八世纪的一个教派、一个希腊字、一把匕首、一家油漆厂的菱形图案。

"行动计划的第一个步骤纯粹出于偶然。先前我和几个伙伴——其中有丹尼尔·阿塞韦多——策划偷加利利地方长官的蓝宝石。阿塞韦多出卖了我们：我们预支他一笔钱，他买酒喝得大醉，提前一天采取行动。他在那家大旅馆里晕头转向，凌晨两点闯进雅莫林斯基的房间。雅莫林斯基晚上睡不着，起来写作。他恰好想写一篇有关神的名字的文章，刚写好开头：名字的第一个字母已经念出。阿塞韦多威胁他，让他别出声；雅莫林斯基伸手要按铃，想呼叫旅馆的保安人员；阿塞韦多朝他胸口捅了一刀。那几乎是一个反射动作，半个世纪的暴力生活让他学会了杀人是最简单、最保险的事……十天后，我在《意第绪报》上看到，你想从雅莫林斯基写的东西寻找雅莫林斯基被杀之谜。我看过《哈西德教派史》，知道不敢念出神的名字的敬畏心理产生了认为那个名字隐秘而无所不能的教义。我知道有些哈西德教徒为了寻求那个秘密的名字甚至用活人作为牺牲品……我知道你猜想哈西德教徒把那个犹太教博士当了牺牲品；我便将错就错，让你认为你的猜测是对的。

"马塞洛·雅莫林斯基是十二月三日晚死的；我选了一月三日作为第二次'牺牲'的日子。他死在城北；第二次'牺牲'在城西比较合适。丹尼尔·阿塞韦多是必要的牺牲品。他罪有应得：他感情冲动，又是叛徒；他如果被捕，我们的整个计划就完蛋。我们的人捅死了他；为了把他的死和上一次联系起来，我在油漆厂的菱形图案上写了名字的第二个字母已经念出。

"第三件'罪案'是二月三日发生的。正如特莱维拉努斯猜测的，只是一场演习。格里菲斯－金茨伯格－金斯勃格就是我；我戴了假胡子在土伦路那个破房间里憋了一星期，等我的朋友把我绑架出去。他们中间的一个踩在马车踏脚板上在石板上写了名字的最后一个字母已经念出。这句话宣布说一系列的罪案是三件。一般人都是这么理解的；但是我反复插进一些迹象，以便让你这位推理家，埃里克·伦罗特，知道罪案是四件，城北出了怪事，城东城西都出了事，这便要求城南也有事；四个字母的名字，也就是神的名字 JHVH[1]，有四个字母；小丑面具和油漆厂的图案都暗示四。我在莱斯敦书中的一段文字下面画了道儿；那段文字说明希伯来人计算日子是从第一天傍晚到第二天傍晚；从而说明凶杀案是每月四日发生。我派人把那个等边三角形送给特莱维拉努斯。我料到你会加上欠缺的一点。组成一个完全的菱形的一点，预定一件精确的谋杀案将要发生的地点。我预先谋划了这一切，埃里克·伦罗特，以便把你引到荒凉的特里斯勒罗伊别墅来。"

伦罗特避开了夏拉赫的目光。他望着模糊的黄、绿、红菱形玻璃窗外的树木和天空。他感到有点冷，还有一种客观

1　希伯来文中"耶和华"（Jehovah）由四个字母组成，与之对应的是 JHVH 或
　　YHWH。

的、几乎无名的悲哀。已是夜晚了，灰蒙蒙的花园里升起一声无用的鸟鸣。伦罗特最后一次考虑对称和定期死亡的问题。

"你的迷宫多出三条线，"他最后说。"我知道一种希腊迷宫只有一条直线。在那条线上多少哲学家迷失了方向，一个简单的侦探当然也会迷失方向。夏拉赫，下次你变花样追踪我时，不妨先在甲地假造（或者犯下）一件罪案，然后在离甲地八公里的乙地干第二件，接着在离甲乙二地各四公里，也就是两地中间的丙地干第三件。然后在离甲丙二地各两公里，也就是那两地中间的丁地等着我，正如你现在要在特里斯勒罗伊别墅杀我一样。"

"下次我再杀你时，"夏拉赫说，"我给你安排那种迷宫，那种只有一条线的、无形的、永不停顿的迷宫。"

他倒退了几步，接着，非常小心地瞄准，扣下扳机。

秘密的奇迹

> 故真主使他在死亡的状态下逗留了一百年，然后使他复活。他说："你逗留了多久？"他说："我逗留了一日，或不到一日。"

> 《古兰经》，第二章第二百六十一节 [1]

一九三九年三月十四日，亚罗米尔·赫拉迪克在布拉格市泽特纳街的一栋公寓里梦到一局下了很长时间的棋，此人是未完成的悲剧《仇敌》的作者，还写过《永恒辩》和一篇有关雅各布·贝姆的间接根源的考证。下棋的并不是两个个人，而是两个显赫的家族；棋局早在几世纪之前就已开始；谁都记不清奖金是多少了，据说数额很大，甚至无限；棋子和棋盘放在一座秘密的塔楼里；亚罗米尔（在梦中）是两个敌对家族之一的长子；钟声报出了那盘不能再拖延的棋局的时间；做梦的人冒雨在沙漠里奔跑，记不起棋子的模样和下棋的规则了。正在此刻，他醒了。嘈杂的雨声和可怕的钟声已经停息。楼下泽特纳街传来有节奏而一致的响声，偶尔夹杂一些口令声。

三月十九日，当局接到举报；当天傍晚，亚罗米尔·赫拉迪克被捕。他给带到伏尔塔瓦河对岸一座消过毒的、刷成白色的兵营。他无法否认盖世太保指控他的任何一项罪名：他的母姓是亚罗斯拉夫斯基，他有犹太血统，他对贝姆的研究是信奉犹太教的证据，一份抗议德国兼并奥地利的声明书上有他的签名。一九二八年，他替赫尔曼·巴斯多夫出版社翻译过《瑟菲尔·耶兹拉》；出版社详尽的图书目录出于商业目的夸大了译者的名气；掌握赫拉迪克命运的军官之一，朱利乌斯·罗特，翻阅了那本目录。人们除了自己的本行之外对别的事情都容易轻信；两三个用德文字母印刷的形容词

1　在马坚译《古兰经》中，这段文字在第二章第二百五十九节。

足以让朱利乌斯·罗特相信赫拉迪克不是等闲之辈，决定以"煽动人心"的罪名判处他死刑。执行日期定在三月二十九日上午九时。这一耽搁（读者马上会看到它的重要性）由于行政当局办事希望像植物生长和天体运行那样客观而按部就班。

赫拉迪克的第一感觉仅仅是恐怖。他认为绞刑、砍头或者凌迟处死都吓不倒他，但枪决是难以容忍的。他一再对自己说，可怕的是死亡的纯粹和总体行为，而不是具体的细节。他不厌其烦地想象那些细节：荒谬地试图穷尽各种变化。他没完没了地预先设想整个过程，从整夜失眠后的拂晓，到举枪齐射的神秘的一刻。在朱利乌斯·罗特预定的日子以前，他在想象中已经死了好几百次，行刑地点有各种各样的几何学形状，行刑士兵的模样不同、人数不等，有时站得很远，有时又相距极近。他以真正的恐惧（也许是真正的勇气）面对那些想象中的处决；每次持续几秒钟；结束这一周期之后，亚罗米尔又没完没了地回到他忐忑不安的临死前夕。他后来想，现实往往不可能和预见吻合；他以狡诈的逻辑推断，预先设想一个具体细节就能防止细节的发生。他坚信那种靠不住的魔法，虚构了一些难以忍受的特点，为的是不让它们发生；最后自然担心那些特点真的应验。他夜里苦恼万分，力图肯定时间的转瞬即逝的本质。他知道时间不分昼夜地朝着二十九日黎明迅跑；他自言自语说：现在是二十二日晚上，我仍活着；只要今晚（还有六个夜晚）的时间在持续，我就不会死，谁都奈何不了我。在他的想象中，那些多梦的夜晚是他可以藏身的又深又暗的水潭。有时他不耐烦了，盼望最终的排枪快些发射，好歹让他摆脱空想。二十八日，最后的一抹夕阳返照在高高的铁窗上时，他的剧本《仇敌》的形象转移了那些卑微的思想。

赫拉迪克年过四十。除了同少数几个朋友交往和许多习惯性的事情以外，构成他生活主要部分的是颇有问题的文学活动；如同所有的作家一样，他拿别人已经完成的作品来评价别人的成就，但要求别人拿他构思或规划的作品来评价他自己。在考证贝姆、阿布纳斯拉和弗勒德的作品时，他主要是下死功夫；在翻译《瑟菲尔·耶兹拉》时，他的主要特点是疏忽、厌烦和揣测。他也许认为《永恒辩》的缺点比较少：第一卷叙说了人们所能想象的各种永恒性，从巴门尼德静止的实体到欣顿的可改变的过去；第二卷（附和弗朗西斯·布拉德利的意见）否认宇宙一切事物构成暂时系列的说法。他提出，人们可能遭遇的经历不是无限的，只要有一次"重复"就足以证明时间是个假象……可惜的是证明那种假象的论点是同样虚假的；赫拉迪克往往带着轻蔑的困惑浏览那些论点。他还写过一系列表现主义的诗歌；他弄不明白的是这些诗歌居然给编进一九二四年出版的一部诗选，以后的诗选也照样收入。赫拉迪克希望用《仇敌》这部诗剧一改过去阴差阳错的虚名。（赫拉迪克推崇诗歌，因为它不让观众忘掉艺术的不现实。）

这个剧本遵循了时间、地点和情节的统一[1]；剧中故事发生在赫拉德昌尼古堡勒默斯塔特男爵的藏书室里，时间是十九世纪末的一个下午。第一幕第一场，一个陌生人来拜访勒默斯塔特。（钟敲了七下，夕阳强烈地照在窗玻璃上，空中传来急促而熟悉的匈牙利音乐声。）陌生人之后又来了别的客人；勒默斯塔特不认识那些打扰他的人，但疑疑惑惑觉

---

1 古希腊哲学家、文艺理论家亚里士多德认为戏剧创作的重要原则是情节的统一，后世提出的三一律中的"时间的统一"和"地点的统一"是出于对其《诗学》的误解。

得在什么地方，也许是在梦中见过他们。那些人毫无例外地对他阿谀奉承，但在别人眼里——首先是看戏的观众，其次是男爵本人——他们都是隐秘的敌人，阴谋害他性命。勒默斯塔特设法阻止或者破坏了那些人的复杂的阴谋；对话中提到他的女友尤利亚·德魏登纳夫，还提到一个名叫亚罗斯拉夫·库宾的向尤利亚献殷勤的人。此人现在神经错乱，自以为是勒默斯塔特……危险加剧了；第二幕结束时，勒默斯塔特不得不杀了一个阴谋者。第三幕，也就是最后一幕开场。不连贯的地方逐渐增多：仿佛已经排除在情节之外的演员又回来了；被勒默斯塔特杀掉的人也回来了一次。有人指出还不到黄昏：钟敲七下，西落的太阳光映在高高的玻璃窗上，空中传来急促的匈牙利乐声。第一个对话者出场，重复了他在第一幕第一场说过的台词。勒默斯塔特和他谈话时并不惊讶；观众明白，勒默斯塔特就是那个不幸的亚罗斯拉夫·库宾。剧情根本没有发展：只是库宾周而复始的胡思乱想。

　　赫拉迪克从没有审视这部荒诞的悲喜剧是否委琐或者精彩，严谨或者疲沓。从剧情的简单介绍中可以看到，虚构的方式最适于掩盖缺点，发挥长处，有可能（用象征手法）复述他一生中主要的经历。第一幕和第三幕的某一场已经写好；由于剧本的格律性质，即使原稿不在手头，他也能不断地推敲修改那些六音步诗句。他想，还差两幕没写，但他很快就要死了。他在黑暗中祈求上帝。我好歹还存在，我不是您的重复和疏忽之一，我以《仇敌》作者的身份而存在。那部剧本可以成为我和您的证明，为了写完它，我还需要一年的时间。世纪和时间都属于您，请赐给我一年的日子吧。那是最后的一晚，最难熬的一晚，但是十分钟以后，梦像黑水一样把他淹没了。

黎明时分，他梦见自己身在克莱门蒂诺图书馆的阅览室里。一个戴墨镜的图书管理员问他找什么。赫拉迪克回说找上帝。管理员对他说："上帝在克莱门蒂诺图书馆的四十万册藏书中某一卷某一页的某一个字母里。我的父母、我父母的父母找过那个字母；我自己也找过，把眼睛都找瞎了。"他脱掉眼镜，赫拉迪克发现他确实双目失明。一个读者进来还一册地图集。"这本地图集没有用处，"管理员说，把地图集递给赫拉迪克。赫拉迪克随手翻翻。他头晕目眩地看到一幅印度地图。他突然福至心灵，指着其中一个字母。一个无处不在的声音说："你要求的工作时间已经批准。"赫拉迪克猛然醒来。

他想起人们做的梦是属于上帝的，迈蒙尼德斯[1]说过，梦中的话语如果清晰可辨，并且看不见说话的人，那些话就是神圣的。他穿好衣服，两个士兵进了囚室，吩咐他跟他们走。

在赫拉迪克的想象中，门外是迷宫似的走廊、楼梯和亭台。现实并没有那么丰富多彩，他们从唯一的铁梯下来，到了一个后院。几个士兵——其中一个军服的扣子没扣好——在检查一辆摩托车，议论纷纷。军士长看看表：八点四十四分。要等到九点整。赫拉迪克虽然感到不幸，但更感到失落，便坐在一堆木柴上。他注意到士兵们都避开他的眼光。军士长递给他一支卷烟，让他消磨等待的时光。赫拉迪克不抽烟，但出于客气和谦逊，接了过来。他点烟时发现手抖得厉害。天空阴沉沉的，士兵们压低声音说话，仿佛他已经是个死人。他试图想象那个象征尤利亚·德魏登纳夫的女人是什么模样，可是想不起来……

---

1 Maimonides（1135—1204），西班牙医师、作家和思想家，有"犹太教的亚里士多德"之称。

行刑队站成一排。赫拉迪克背靠营房的墙壁站着，等待开枪。有人担心墙壁沾上血迹，便吩咐囚犯朝前跨出几步。赫拉迪克可笑地联想到摄影师吩咐对象摆好姿势的情景。一滴雨水沉重地落到他一侧太阳穴，顺着面颊徐徐淌下；军士长一声吆喝，发出最后的命令。

物质世界凝固了。

枪口朝赫拉迪克集中，但即将杀他的士兵们一动不动。军士长举起的手臂停滞在一个没有完成的姿势上。一只蜜蜂在后院地砖上的影子也固定不动。风像立正似的停住。赫拉迪克试图喊叫，发出声音，扭动一下手。他明白自己动弹不得。他听不到这个受遏制的世界的最轻微的声息。他想：我在地狱里。我疯了。时间已经停滞。后来又想，果真如此的话，那么他的思维也应该停滞。他要做个实验：他背诵（嘴唇不动）维吉尔的神秘的第四首田园诗。他想那些已经遥远的士兵一定和他一样焦急，他渴望同他们沟通思想。使他惊异的是，一动不动待了这么久居然不感到疲倦，不感到眩晕。不知过了多久，他睡着了。醒来时，世界仍旧没有动静，没有声息。他脸上仍留有那滴雨水；地砖上仍有蜜蜂的影子；

他喷出的烟仍浮在空中，永远不会飘散。等到赫拉迪克明白时，已经过了另"一天"。

为了完成手头的工作，他请求上帝赐给他整整一年的时间，无所不能的上帝恩准了一年。上帝为他施展了一个神秘的奇迹：德国的枪弹本应在确定的时刻结束他的生命，但在他的思想里，发布命令和执行命令的间隔持续了整整一年。先是困惑和惊愕，然后是忍受，最终是突然的感激。

除了记忆之外，他没有任何文件可用；每增添一行六步的诗句，他都默记在心，从而达到的准确和严谨，是那些灵机一动、想出整节整节的诗、随即又忘掉的人难以企及的。他不是为后代，也不是为上帝写作，因为他对上帝的文学喜好一无所知。他殚精竭虑、一动不动、秘密地在时间的范畴里营造无形的迷宫。他把第三幕改写了两次。删除了某些过于明显的象征：例如一再重复的钟声和音乐声。没有任何干扰。有的地方删删减减，有的地方加以拓展；有时恢复了最早的构思。他对那个后院和兵营甚至产生了好感，士兵中间的一张脸促使他改变了对勒默斯塔特性格的概念。他发现福楼拜深恶痛绝的同音重复只是视觉的迷信：是书写文字的弱点和麻烦，口头文字就没有这种问题……他结束了剧本：只缺一个性质形容词了。终于找到了那个词；雨滴在他面颊上流下来。他发狂似的喊了一声，扭过脸，四倍的枪弹把他打倒在地。

　　亚罗米尔·赫拉迪克死于三月二十九日上午九时零二分。

一九四三年

关于犹大的三种说法

堕落似乎已经在劫难逃。

托·爱·劳伦斯[1]：《智慧七柱》，103

公元二世纪，当巴西里德斯在小亚细亚或亚历山大城宣称，宇宙是有缺陷的天使们莽撞或险恶的即兴创造时，尼尔斯·吕内贝格已经以他特有的激情领导一个诺斯替小教派。但丁也许会在《神曲》里把他打入炼狱；他的名字在萨托尼洛和卡波克拉底斯之流的异教创始人名单上增添了一个；他的谩骂性说教的某些片断也许会留在伪撰的《异端邪说诸家批判书》里，也许在一座寺院藏书楼的大火烧毁最后的一本《语录》时付之一炬。相反的是，上帝给了他在二十世纪的隆德大学城重新出头的机会。一九〇四年，那里出了《基督与犹大》的初版本；一九〇九年，又出了他的主要著作《神秘的救世主》。（后者有一九一二年问世的埃米尔·谢林的德文译本，书名是 *Der heimliche Heiland*。）

在审视那些草率的作品之前，必须再次指出，尼尔斯·吕内贝格作为全国福音协会会员是十分虔诚的。在巴黎，甚至在布宜诺斯艾利斯的文人墨客的聚会上，很容易重新遇到吕内贝格的论点；那些论点无非是轻率或者亵渎神圣的无聊废话。对吕内贝格却是破译一个重大的神学奥秘的关键；是思考和分析、历史学和语言学论争的材料，足以让人感到自豪、高兴和恐怖。那些论点既证明了他的价值，又打乱了他的生活。读者应该记住，本文涉及的不是吕内贝格的论证和证据，只是他的结论。有人会注意到，早在"证据"之前已经作出结论。但是谁会有这份耐心去寻找他不相信的东西，或者与他无关的说教呢？

《基督与犹大》初版本的标题清楚明了，尼尔斯·吕

1　Thomas Edward Lawrence（1888—1935），英国军人、作家，在阿拉伯国家为英帝国收集情报，进行策反工作。

内贝格本人几年后荒唐地延伸了它的意义：传统加在加略人犹大头上的事统统是假的，没有一件是真的（德·昆西，一八五七年）。某个德国人先前也发表过相似的意见；据德·昆西猜测，犹大之所以出卖耶稣基督是为了迫使他宣布他的神性，激起反抗罗马压迫的广泛的起义；吕内贝格提出一个形而上学的辩护。他首先巧妙地强调犹大的行为纯属多余。他（像罗伯逊[1]那样）指出，耶稣每天在犹太人聚会上宣扬教义，在几千人面前创造奇迹，根本用不着由一个出卖他的门徒来指认。然而，指认的事还是发生了。认为《圣经》有错是不能容忍的，认为世界历史上最重大的事件中出现偶然性是同样不能容忍的。因此，犹大卖主并非偶然，而是预先安排好的、在耶稣舍身救世的过程中占有神秘位置的事件。吕内贝格接着指出：圣子成为肉身之后，便从无处不在到了有形的空间，从永恒到了历史，从无限幸福到了生老病死苦；为了同这样的牺牲相匹配，一个代表全体人类的人必须作出应有的牺牲。所有的门徒中间唯独加略人犹大觉察到了秘密

1　William Robertson（1721—1793），苏格兰历史学家，英国国王的史官。

的神性和耶稣的意图。既然圣子可以屈尊成为凡人，圣子的门徒犹大当然也可以降格成为告密者（最卑劣的罪恶），在永不熄灭的地狱之火里委屈一下。下级是上级的镜子；人间的形象和天上的形象对应；皮肤上的斑点是终古常新的星座图像；犹大以某种方式反映了耶稣。由此产生了那三十枚银币和叛卖之吻；产生了自杀，以便更心甘情愿地被打入地狱。尼尔斯·吕内贝格用这种方式阐明了犹大之谜。

各种学派的神学家纷纷加以驳斥。拉尔斯·彼得·恩斯特伦指责他对人神合一之说完全无知或者略而不提；阿克塞尔·博雷留斯指责他重新搬出那些否认耶稣的人性，主张基督只是幻影、没有肉身的异端邪说；隆德主教尖锐地指责他同《路加福音》第二十二章第三节[1]的教导相悖。

这些斥责对吕内贝格起了作用，他部分改写了那本遭到非难的书，修正了他的学说。他把神学领域拱手让给他的对手们，迂回地提出道德方面的理由。他承认耶稣"确实具备万能的主所能提供的种种条件"，不需要牺牲一个人去拯救全

---

1 《圣经·新约·路加福音》第二十二章第三节说："这时，撒旦入了那称为加略人犹大的心，他本是十二门徒里的一个。"

人类。随后他向那些声称我们对那个难以解释的叛徒一无所知的人发起反击；他说，我们知道那人是十二门徒之一，被选去宣扬天国已经临近，去医治病人，叫长麻风的人洁净，叫死人复活，把鬼赶出去（《马太福音》，第十章第七至八节；《路加福音》，第九章第一节）。救世主既然对这样的人委以如此重任，他的所作所为理应得到我们最好的解释。把他的罪恶归咎于贪婪（如同某些人引用《约翰福音》第十二章第六节时所做的那样），只满足于找一个最卑鄙的动机。尼尔斯·吕内贝格提出了一个相反的动机：夸大的甚至是无限的禁欲主义。禁欲主义者为了把更大的荣耀归于上帝，贬低甚至折磨自己的肉体；犹大则贬低甚至折磨自己的精神。他像别人一样舍弃了荣誉、幸福、安宁、天国，只是没有像别人那样勇敢地舍弃了欢乐[1]。他以可怕的清醒事先筹划了他的罪行。通奸往往带有柔情和自我牺牲；杀人往往需要勇气；亵渎神明往往夹杂着撒旦的光芒。犹大选择了那些不含任何德行的罪恶：辜负别人的信任（《约翰福音》，第十二章第六节）

---

[1] 博雷留斯嘲笑地问道：他为什么不拒绝舍弃？他为什么不这么做？——原注

和告密。他行事如此卑鄙，是因为他认为自己不配当好人。保罗写道："如经上所记，'夸口的，当指着主夸口'"（《哥林多前书》，第一章第三十一节）；犹大自找地狱，因为上帝幸福已使他满足。他认为幸福是神的属性，人们不该篡夺。[1]

许多人事后发现，吕内贝格最初那些差强人意的论点已经包含了离奇的结论，《神秘的救世主》无非是对《基督与犹大》的歪曲和强化。一九〇七年底，吕内贝格完成并修改了手稿，几乎过了两年才交给印刷所。那本书于一九〇九年十月出版，有丹麦的希伯来语言文化学家埃里克·埃尔菲尤德写的一篇不痛不痒的、费解的前言和如下的不实的题词："他在世界，世界也是借着他造的，世界却不认识他。"（《约翰福音》，第一章第十节）总的说来，书的内容并不复杂，结论却惊世骇俗。尼尔斯·吕内贝格声称耶稣为了拯救人类而屈尊

---

1 欧克利德斯·达库尼亚在吕内贝格所不知的一本书里写道：对于卡努多斯异教创始人安东尼奥·孔塞莱罗来说，德行"几乎成了不虔诚"。阿根廷读者也许记得阿尔马富埃尔特的作品里也有相似的段落。吕内贝格在象征主义报刊《Sju insegel》发表了一首题为《秘密的水》的叙事诗；前几节描写了一天中纷乱的事，最后几节写了一池冰冷的水；诗人暗示，那池静水纠正了我们无益的暴力，同时又以某种方式允许和宽恕了它的存在。诗的结尾是这样的：森林中的水是幸福的；而我们可能是邪恶和痛苦的。——原注

来到人间；可以设想他作出的牺牲应是完美的，不会由于某些疏忽而失效或者逊色。把他遭受的苦难仅仅限于被钉在十字架上的一个下午的临终痛苦，乃是对他的亵渎。[1] 说他是人并且不可能犯错误是互相矛盾的，完美和人的属性是不相容的。肯比斯[2]承认救世主也感到疲倦、寒冷、困惑、饥渴；还应承认的是，他也可能犯错误，迷失方向。"他在耶和华面前生长如嫩芽，像根出于干地。他无佳形美容，我们看见他的时候，也无美貌使我们羡慕他。他被藐视，被人厌弃，多受痛苦，常经忧患。"（《以赛亚书》，第五十三章第二至三节）这段名言在许多人眼里是耶稣钉十字架的预现；对某些人说来（例如汉斯·拉森·马滕森），是对世俗认为基督长得漂亮的驳斥；对吕内贝格说来，是圣子成为肉身时确切地预言他

---

1 莫里斯·阿布拉莫维茨指出："根据那个斯堪的纳维亚人的看法，耶稣干得十分出色；由于印刷术的发展，他的事迹已译成多种文字；说到底，他在人间待了三十三年并非休闲度假。"埃尔菲尤德在《基督教学说》的附录三中驳斥了这段话。他指出耶稣的受难并未结束，因为在时间范畴里发生一次的事情，在永恒中不停重复。迄今为止，犹大仍在收取三十枚银币；仍在吻耶稣基督；仍在寺庙里投银币；仍在血泊里解绳索。（埃尔菲尤德为了证实这番话，引用了亚罗米尔·赫拉迪克的《永恒辩》。）——原注

2 此处原文是 Kemnitz，似应是肯比斯（Kempis，1380—1471），德国神秘主义作家，著有《基督的模仿》。

并非暂时而是在整个险恶的未来将遭到厄运。耶稣完全成了凡人，不是一般的凡人，而是声名狼藉的、遭到谴责的、永劫不复的凡人。他为了拯救我们，可以选择纷纭复杂的历史所罗织的任何一种命运；他可以成为亚历山大大帝、毕达哥拉斯、留里克[1]或耶稣；他选择了最坏的命运：他成了犹大。

斯德哥尔摩和隆德的书店推销不出这本书。不信神的人有成见，认为它是沉闷乏味的神学游戏；神学家们对之不屑一顾。吕内贝格从普遍的冷漠中看到一个近乎奇迹的证明。上帝吩咐人们漠然处之，不希望他可怕的秘密在世间传播。吕内贝格知道还不是时候。他感到古老的神的诅咒劈头盖脑地落到他身上；他想起在西乃山顶上用手遮住脸不看上帝的以利亚和摩西；想起那个看到上帝把荣光洒满大地时惊恐万分的以赛亚；想起在去大马士革的路上突然失明的扫罗；想起见了天国而死去的犹太教博士西梅翁·本·阿扎伊；想起见了三位一体而发疯的著名的巫师维特尔博的胡安；想起那些痛恨不敬神的人读出上帝秘密的名字的犹太法学博士。他

---

1 Ryurik（约830—879），俄罗斯第一个王朝的创立者。

本人岂不是也犯下了那种罪恶？那岂不是不得赦免的亵渎圣灵之罪（《马太福音》，第十二章第三十一节）[1]？巴莱里奥·索拉诺由于传播了罗马秘密的名字而丧命；他发现并且传播了上帝可怕的名字又该遭到什么无限的惩罚呢？

尼尔斯·吕内贝格彻夜难眠，被论证搞得昏昏沉沉，在马尔默街上到处乱跑，大声祈求同救世主一起分享入地狱的恩宠。

一九一二年三月一日，他因动脉瘤破裂而死。异教学研究者也许记得此人，他在似乎已经透彻的圣子的概念里增添了有关邪恶和不幸的复杂性。

一九四四年

---

1 《圣经·新约·马太福音》第十二章第三十一节："人一切的罪和亵渎的话，都可得赦免；唯独亵渎圣灵，总不得赦免。"

结　局

　　雷卡巴伦躺在小床上半睁眼睛，看到倾斜的芦苇编的天花板。另一间屋子里传来吉他的弹拨声，仿佛是拙劣透顶的迷宫，音符无休无止地纠缠在一起然后又解开……他点点滴滴地回想起现实，回想起再也不能改变的日常事物。他并不惋惜地瞅着自己大而无用的躯体和裹在腿上的粗羊毛斗篷。窗户栏杆外面延伸着下午的平原；他睡了一觉，但天空仍旧很亮。他伸出左臂摸索，拿到了小床脚旁的青铜铃铛。他摇了一两下，门那边仍旧传来平淡的吉他声。弹奏的是一个黑人，一晚以歌手的身份出现，同另一个外地人比赛对歌。败下后，他仍然常来杂货铺，仿佛在等人似的。他拨弄着吉他消磨时光，可是不再唱了，也许对歌失败使他泄了气。街坊上已经习惯于那个不招惹是非的人。雷卡巴伦是杂货铺老板，他忘不了那次对歌的事；因为第二天他搬动几大捆马黛茶时，身体右侧突然动弹不得，话也不会说了。我们往往为小说人物的不幸一掬同情之泪，结果我们自己的不幸更伤心；然而倒霉的雷卡巴伦却不自怨自艾，他像以前忍受美洲的严峻和孤寂那样忍受了半身不遂的事实。他像动物一样只顾目前，现在他瞅着天空，心想月亮的红晕预示着要下雨了。

一个带印第安人特征的小孩（也许是他的种）半推开门。雷卡巴伦的眼神问他有没有主顾。小孩心领神会，打手势告诉他没有：那个黑人不算数。躺在床上的人独自待着，他用左手抚弄着铃铛，仿佛在施什么法力。

夕阳下面的平原有点虚幻，像是梦中所见。地平线上有个黑点起伏搏动，越来越大，原来是个骑手，朝杂货铺，或者像是朝杂货铺跑来。雷卡巴伦看到帽子、深色的长斗篷、白花黑马，但是看不清骑手的脸。他终于减慢速度，让马小跑着近来。在一百六七十米远的地方拐了弯。雷卡巴伦看不见他了，只听到他说话的声音，他下了马，把马拴在柱子上，稳步走进杂货铺。

黑人似乎在吉他上寻找什么，没有抬眼，从容不迫地说：

"先生，我早知道你靠得住，会来的。"

对方却粗声粗气地回答：

"我知道你也靠得住，黑家伙。我让你等了几天，可是我现在来了。"

静默了片刻。黑人终于说：

"我等惯了。我等了七年。"

对方不慌不忙地解释说：

"我七年多没有见到我的孩子们。那天我找到他们，我不愿意显得像是整天玩刀子的人。"

"我能理解，"黑人说。"你离开他们时，他们都好吧。"

外地人坐在柜台前，快活地笑了。他要了一杯白酒，尝了一口，没有喝光。

"我给了他们一些好的劝告，"他说。"劝告永远不会是多余的，并且不用花钱。除了别的事情外，我对他们说，人不该互相残杀。"

黑人拨了一下吉他，然后回答：

"你做得对。这一来他们不会学我们的样了。"

"至少不会学我的样，"外地人回道。接着他仿佛是自言自语地补充说："我的命运要我杀人，如今再一次把刀交到我手里。"

黑人似乎没有听到，自顾自说：

"秋天一到，白天越来越短了。"

"剩下的光线对我足够，"对方说着站了起来。

他在黑人面前站停，好像有点疲倦：

"让吉他安静一会，今天等着你的是另一种对歌。"

两人朝门口走去。黑人出门时喃喃说：

"这次我对歌也许和上次一样糟。"

对方认真地回道：

"上次你并不糟。问题是你急于参加第二次对歌。"

他们并排走着，离开房屋有一段距离了。平原上到处一样，月光皎洁。他们突然站住，对瞅着，外地人解下马刺。两人都把斗篷卷在前臂上，黑人说：

"我们交手之前，我有一个要求。希望你在这次格斗中拿出所有的勇气和奸计，正如七年前你杀我弟弟的那次一样。"

在他们的对话中，马丁·菲耶罗也许是第一次听到了仇恨的口气。他像挨了一鞭子似的，在血液里感到了。两人开始恶斗，锋利的刀刃闪电似的划去，在黑人脸上拉了一个口子。

傍晚有一个时刻，平原仿佛有话要说；它从没有说过，或许地老天荒一直在诉说而我们听不懂，或许我们听懂了，不过像音乐一样无法解释……雷卡巴伦躺在小床上看到了结局。一次冲击，黑人后退几步，没有站稳，佯装朝对方脸上剁去，手腕一转却直刺过去，捅进对方肚子。然后又是一下，杂货铺老板没有看清，菲耶罗没有起来。黑人一动不动，似乎守着他痛苦的垂死挣扎。他在草地上擦净那把染血的尖刀，缓缓向房屋走来，没有回头张望。他完成了报仇的任务，现在谁都不是了。说得更确切一些，他成了另一个人：他杀了一个人，世界上没有他容身之地。

凤 凰 教 派

　　有人说凤凰教派起源于埃及的赫利奥波利斯，是推行改革的阿梅诺菲斯四世[1]死后宗教复辟的产物，那些人援引了希罗多德和塔西佗的文章以及埃及的碑刻，却不知道，或者不想知道，"凤凰教派"名称的由来不早于赫拉班诺·毛罗，最古老的记载（比如说，弗拉维奥·约瑟夫[2]的作品）只提到"民俗派"和"秘密派"。格雷戈罗维乌斯在意大利费拉拉的聚会上曾经指出，口语中极少用"凤凰"一词；我在日内瓦同手艺人打交道，问他们是不是凤凰派时，他们不懂我的意思，但随即承认自己是秘密派。假如我没有记错的话，佛教徒中间也有类似情况，世人对他们的称呼同他们自己的称呼不一样。

米克洛希奇在一篇著名的文章里把凤凰教徒和吉卜赛人相提并论。智利和匈牙利有吉卜赛人，也有凤凰教徒；除了这一点之外，两者没有什么共同之处。吉卜赛人多数是马贩子、补锅匠、铁匠和算命看相的；凤凰教徒往往自在地从事自由职业。吉卜赛人组成容貌体形相似的人群，用的，或者曾经用的是一种秘密的语言；凤凰教徒们和别人混居一起，他们没有受过迫害便是证明。吉卜赛人生活丰富多彩，给了蹩脚诗人以创作灵感；凤凰教徒们却同传奇、绘画、舞蹈无缘……马丁·布贝尔[3]声称犹太人基本都是伤感的；凤凰教徒们却不尽然，有的甚至厌恶伤感；这一众所周知的事实足以驳斥一般人认为凤凰教是以色列一个分支的错误看法（乌尔曼居然荒唐地加以维护）。人们通常是这样推断的：乌尔曼相当敏感；他是犹太人；经常和布拉格犹太区的凤凰教徒们接触；乌尔曼感到的亲和力就是事实证明。说心里话，我

1　Amenophis Ⅳ，即阿孟霍特普四世（Amenhotep Ⅳ），公元前 14 世纪埃及第十八王朝法老，在位期间推行宗教改革，以削弱祭司的权力。

2　Flavio Josefo（37—100），古犹太历史学家，著有《犹太时代》。

3　Martin Buber（1878—1995），奥地利神学家、哲学家。

不能同意那种推断。在犹太环境中的凤凰教徒和犹太人相似这一点并不能证明什么；无可否认的是正如赫兹利特[1]笔下的人情练达的莎士比亚，他们和世上所有的人相像。他们像使徒那样容易同各种各样的人打成一片；几天前，派桑杜的胡安·弗朗西斯科·阿马罗博士称赞说，他们很快就本地化了。

我说过，凤凰教派在历史上没有遭受迫害的情况。这是事实；但是，既然任何人群中都有支持凤凰教派的人，这些人遭受过迫害或苦难，或者对别人施加过迫害或苦难，也是不争的事实。在西方的战争和亚洲早期的战争中，他们在不同的阵营里长期付出了鲜血；他们同世上所有的民族融为一体是没有什么意义的。

他们没有一部同《圣经》一样能把以色列凝聚在一起的圣书，除了语言以外没有共同的记忆，他们分散在世界各地，肤色和相貌各个不同，把他们团结在一起、直到时间终结的，唯有一件东西——秘密。有时候，除了秘密以外还有一个传说（也许是关于宇宙起源学的神话），但是那些肤浅的凤凰派

1　William Hazlitt（1778—1830），英国随笔作家、文学评论家，政治思想激进，对伊丽莎白女王时代的剧作家颇有研究，著有《莎士比亚剧本中的人物》等。

教徒已经忘却，如今只保存关于惩罚的模模糊糊的传统。关于惩罚、盟约或者特权的传统，因为说法不同，很难看出神是否作出确保一个血统长久不衰的裁决，属于那血统的人是否世世代代举行一种仪式。我核对过旅行家的报告，同族长和神学家们交谈；可以肯定凤凰教徒唯一的宗教活动是举行那种仪式。仪式形成了秘密。我先前说过，秘密是世代相传的，但习俗不要求由母亲传授子女，也不由教士传授；传授秘密是最卑微的人的任务。奴隶、麻风病人或者乞丐充当秘义传授师的角色。小孩也可以教别的小孩。仪式本身微不足道，很快就能完成，不需要详细说明。使用的材料是软木、蜡或者阿拉伯树胶（仪式中还提到烂泥，也是常用的东西）。没有专为举行此类仪式而设的寺庙，但是废墟、地窖或门廊都可认为是合适的场所。那个秘密是神圣的，然而有点可笑；举行仪式时要避人耳目，信徒们从不谈论。仪式没有文雅的名称，但大家明白，随便什么话都可以代表，或者说，不可避免地都可以涉及；因此，我谈话时不留心说了什么，信徒们往往会尴尬地掩口而笑，因为他们认为我触及了那个秘密。日耳曼文学中有凤凰教徒写的诗，从表面上看，主题是海洋或者傍晚；其实我听说是那个秘密的象征。迪康热在他的《术语词典》里收集了一条经外的箴言：地球乃是竞技的镜子。某些信徒出于神圣的恐惧不敢举行那种再简单不过的仪式；他们遭到别人蔑视，但更蔑视自己。相反的是，一些故意拒绝习俗、同神取得直接沟通的人却很有名声；他们在礼拜仪式中用塑像来表现这种沟通，因此，约翰写道：

天庭上下都应知道

神同软木和烂泥一样令人愉悦。

我在三大洲有不少信奉凤凰教的朋友，我发现他们最初觉得那个秘密无聊、庸俗、让人痛心、（更奇怪的是）令人难以置信。他们不愿承认他们的父辈竟会干这种无聊的事。奇怪的是，长远以来，那个秘密并没有失传；尽管世界风云变幻，战争频仍，人们流离失所，那个秘密依然不可思议传到了所有的信徒。有人甚至毫不犹豫地声称那秘密已成为本能。

南　方

　　一八七一年在布宜诺斯艾利斯登岸的那个人名叫约翰尼斯·达尔曼，是福音派教会的牧师；一九三九年，他的一个孙子，胡安·达尔曼，是坐落在科尔多瓦街的市立图书馆的秘书，自以为是根深蒂固的阿根廷人。他的外祖父是作战步兵二团的弗朗西斯科·弗洛雷斯，被卡特里尔的印第安人在布宜诺斯艾利斯省边境上用长矛刺死；在两个格格不入的家世之间，胡安·达尔曼（或许由于日耳曼血统的原因）选择了浪漫主义的先辈，或者浪漫主义的死亡的家世。一个毫无表情、满脸胡子的人的银版照相，一把古老的剑，某些音乐引起的欢乐和激动，背诵《马丁·菲耶罗》中一些章节的习惯，逝去的岁月，忧郁孤寂，助长了他心甘情愿但从不外露的低人一等的心理。达尔曼省吃俭用，勉强保住南方的一个庄园，那注产业原是弗洛雷斯家族的，现在只剩一个空架子；他经常回忆的是那些香桉树和那幢已经泛白的红色大房子的模样。琐碎的事务和容或有的冷漠使他一直留在城市。年复一年，他满足于拥有一注产业的抽象概念，确信他在平原的家在等他归去。一九三九年二月下旬，他出了一件事。

从不认错的命运对一些小小的疏忽也可能毫不容情。一天下午，达尔曼买到一本不成套的魏尔版的《一千零一夜》；他迫不及待地想看看这一新发现，不等电梯下来，就匆匆从楼梯上去；暗地里他的前额被什么刮了一下，不知是蝙蝠还是鸟。替他开门的女人脸上一副惊骇的神情，他伸手摸摸额头，全是鲜红的血。谁油漆了窗子，忘了关上，害他划破了头。达尔曼那晚上床睡觉，凌晨就醒了，从那时候开始嘴里苦得难受。高烧把他折磨得死去活来，《一千零一夜》里的插图在他噩梦中频频出现。亲友们来探望他，带着不自然的微笑，反复说他气色很好。达尔曼有点麻木地听他们说话，心想自己在地狱里受煎熬，他们竟然不知道，真叫人纳闷。八天过去了，长得像是八个世纪。一天下午，经常来看他的大夫带了一个陌生的大夫同来，把他送到厄瓜多尔街的一家疗养院，因为要替他拍 X 光片子。达尔曼在出租马车里想，他终于可以在不是他自己的房间里睡个好觉。他觉得高兴，很健谈；到了疗养院，他们替他脱光衣服，剃光脑袋，用金属带把他在推床上固定，耀眼的灯光使他头晕，他们还替他听诊，一个戴口罩的人在他胳臂上扎下注射针。他苏醒过来时头上扎着绷带，感到恶心，躺在井底似的小房间里，在手术后的日日夜夜里，他体会到以前的难受连地狱的边缘都算不上。他嘴里含的冰块没有一丝凉快的感觉。在那些日子，达尔曼恨透了自己；恨自己这个人，恨自己有解大小便的需要，恨自己要听人摆弄，恨脸上长出的胡子茬。他坚强地忍受了那些极其痛苦的治疗，但是当大夫告诉他，他先前得的是败血症，几乎送命的时候，达尔曼为自己的命运感到悲哀，失声哭了。肉体的痛苦和夜里的不是失眠便是梦魇不容他想到死亡那样抽象的事。过了不久，大夫对他说，他开始好转，很快就可以去庄园休养了。难以置信的是，那天居然来到。

现实生活喜欢对称和轻微的时间错移；达尔曼是坐出租

马车到疗养院的，现在也坐出租马车到孔斯蒂图西昂[1]。经过夏季的闷热之后，初秋的凉爽仿佛是他从死亡和热病的掌握中获得解救的自然界的象征。早晨七点钟的城市并没有失去夜晚使他产生的老宅的气氛；街道像是长门厅，广场像是院落。达尔曼带着幸福和些许昏眩的感觉认出了这个城市；在他放眼四望的几秒钟之前，他记起了布宜诺斯艾利斯街道的角落、商店的招牌以及质朴的差别。在早晨的黄色光线下，往事的回忆纷至沓来。

谁都知道里瓦达维亚[2]的那一侧就是南方的开始。达尔曼常说那并非约定俗成，你穿过那条街道就进入一个比较古老踏实的世界。他在马车上从新的建筑物中间寻找带铁栏杆的窗户、门铃、大门的拱顶、门厅和亲切的小院。

在火车站的大厅里，他发现还有三十分钟火车才开。他突然记起巴西街的一家咖啡馆（离伊里戈延家不远）有一只好大的猫像冷眼看世界的神道一样，任人抚摩。他走进咖啡

---

1 布宜诺斯艾利斯市一区，位于该市东南。
2 Bernardino Rivadavia（1780—1845），阿根廷政治家，曾任总统。这里指贯穿布宜诺斯艾利斯东西方向的主要街道名。

馆。猫还在，不过睡着了。他要了一杯咖啡，缓缓加糖搅拌，尝了一口（疗养院里禁止他喝咖啡），一面抚摩猫的黑毛皮，觉得这种接触有点虚幻，仿佛他和猫之间隔着一块玻璃，因为人生活在时间和时间的延续中，而那个神秘的动物却生活在当前，在瞬间的永恒之中。

列车停在倒数第二个月台旁边。达尔曼穿过几节车厢，有一节几乎是空的。他把手提箱搁在行李架上；列车起动后，他打开箱子，犹豫一下之后，取出《一千零一夜》的第一册。这部书同他不幸的遭遇密切相连，他带这部书出门就是要表明不幸已经勾销，是对被挫败的邪恶力量一次暗自得意的挑战。

列车两旁的市区逐渐成为房屋稀稀拉拉的郊区，这番景色和随后出现的花园和乡间别墅使他迟迟没有开始看书。事实上，达尔曼看得不多；谁都不否认，磁石山和发誓要杀死恩人的妖精固然奇妙，但是明媚的早晨和生活的乐趣更为奇妙。幸福感使他无心去注意山鲁佐德和她多余的奇迹；达尔曼合上书，充分享受愉悦的时刻。

午饭（汤是盛在精光锃亮的金属碗里端来的，像遥远的儿时外出避暑时那样）又是宁静惬意的享受。

明天早晨我就在庄园里醒来了，他想，他有一身而为二人的感觉：一个人是秋日在祖国的大地上行进，另一个给关在疗养院里，忍受着有条不紊的摆布。他看到粉刷剥落的砖房，宽大而棱角分明，在铁路边无休无止地瞅着列车经过；他看到泥路上的骑手；看到沟渠、水塘和农场；看到大理石般的明亮的云层，这一切都是偶遇，仿佛平原上的梦境。他还觉得树木和庄稼地似曾相识，只是叫不出它们的名字，因为他对田野的感性认识远远低于他思念的理性认识。

他瞌睡了一会儿，梦中见到的是隆隆向前的列车。中午十二点难以忍受的白炽太阳已成了傍晚前的黄色，不久又将成为红色。车厢也不一样了，不是在孔斯蒂图西昂离开月台时的模样：平原和时间贯穿并改变了它的形状。车厢在外面的移动的影子朝地平线延伸。漠漠大地没有村落或人的迹象。一切都茫无垠际，但同时又很亲切，在某种意义上有些隐秘。在粗犷的田野上，有时候除了一头牛外空无一物。孤寂达到十足的程度，甚至含有敌意，达尔曼几乎怀疑自己不仅是向南方，而是向过去的时间行进。检票员打断了他这些不真实的遐想，看了他的车票后通知他说，列车不停在惯常的车站，而要停在达尔曼几乎不认识的稍前面的一个车站。（那人还作了解释，达尔曼不想弄明白，甚至不想听，因为他对事情的过程不感兴趣。）

列车吃力地停住，周围几乎是一片荒野。铁轨的另一面是车站，只是月台上一个棚子而已。车站附近没有任何车辆，但是站长认为在十来个街口远的一家铺子里也许能找到一辆车。

达尔曼决定步行前去，把它当作一次小小的历险。太阳已经西沉，但是余晖在被夜晚抹去之前，把深切阒静的平原映照得更辉煌。达尔曼安步当车，心醉神迷地深吸着三叶草的气息，他走得很慢，并不是怕累，而是尽量延长这欢快的时刻。

杂货铺的房屋本来漆成大红色，日久天长，现在的颜色褪得不那么刺眼。简陋的建筑使他想起一帧钢版画，或许是旧版《保尔和弗吉尼亚》[1]里的插图。木桩上拴着几匹马。达

---

1 法国伤感主义作家圣比埃尔（Bernardin de Saint-Pierre, 1737—1814）写的小说。主人公保尔和弗吉尼亚从小青梅竹马，但未能结合。小说地理背景是当时远离文明的法属毛里求斯岛。

尔曼进门后觉得店主面熟，后来才想起疗养院有个职员长得像他。店主听了他的情况后说是可以套四轮马车送他；为了替那个日子添件事，消磨等车的时光，达尔曼决定在杂货铺吃晚饭。

一张桌子旁有几个小伙子又吃又喝，闹闹嚷嚷，达尔曼开头并不理会。一个非常老的男人背靠柜台蹲在地上，像件东西似的一动不动。悠久的岁月使他抽缩，磨光了棱角，正如流水磨光的石头或者几代人锤炼的谚语。他黧黑、瘦小、干瘪，仿佛超越时间之外，处于永恒。达尔曼兴致勃勃地打量着他的头巾、粗呢斗篷、长长的围腰布和小马皮制的靴子，想起自己同北部地区或者恩特雷里奥斯人无益的争论，心想像这样的高乔人除了南方之外，别的地方很难见到了。

达尔曼在靠窗的一张桌子旁坐下。外面的田野越来越暗，但是田野的芬芳和声息通过铁横条传来。店主给他先后端来沙丁鱼和烤牛肉。达尔曼就着菜喝了几杯红葡萄酒。他无聊地咂着酒味，懒洋洋地打量着周围。煤油灯挂在一根梁下；另一张桌子有三个主顾：两个像是小庄园的雇工；第三个一副粗俗的样子，帽子也没脱在喝酒。达尔曼突然觉得脸上有什么东西擦过。粗玻璃杯旁边，桌布的条纹上，有一个用面包心搓成的小球。就是这么回事，不过是有人故意朝他扔的。

另一张桌子旁的人仿佛并没有注意他。达尔曼有点纳闷，当它什么也没有发生，打开《一千零一夜》，似乎要掩盖现实。几分钟后，另一个小球打中了他，这次那几个雇工笑了。达尔曼对自己说，不值得大惊小怪，不过他大病初愈，被几个陌生人卷进一场斗殴未免荒唐。他决定离开，刚站起身，店主便过来，声调惊慌地央求他："达尔曼先生，那些小伙子醉了，别理他们。"

达尔曼并不因为店主能叫出他的姓而奇怪，但觉得这些排解的话反而把事情搞得更糟。起初，雇工的寻衅只针对一个陌生人，也可以说谁也不是；现在却针对他，针对他的姓氏，闹得无人不知。达尔曼把店主推在一边，面对那些雇工，问他们想干什么。

那个长相粗鲁的人摇摇晃晃地站起来。他和胡安·达尔曼相隔只有一步的距离，但他高声叫骂，仿佛隔得老远似的。他故意装得醉态可掬，这种做作是难以容忍的嘲弄。他满口脏话，一面骂声不绝，一面掏出长匕首往上一抛，看它落下

91

时一把接住，胁迫达尔曼同他打斗。店主声音颤抖地反对说，达尔曼没有武器。这时候，发生了一件始料不及的事。

蹲在角落里出神的那个老高乔人（达尔曼在他身上看到了自己所属的南方的集中体现），朝他扔出一把亮晃晃的匕首，正好落在他脚下。仿佛南方的风气决定达尔曼应当接受挑战。达尔曼弯腰捡起匕首，心里闪过两个念头。首先，这一几乎出于本能的举动使他有进无退，非打斗不可。其次，这件武器在他笨拙的手里非但起不了防护他的作用，反而给人以杀死他的理由。像所有的男人一样，他生平也玩过刀子，但他只知道刺杀时刀刃应该冲里面，刀子应该从下往上挑。疗养院里绝对不允许这种事情落到我头上，他想道。

"咱们到外面去，"对方说。

他们出了店门，如果说达尔曼没有希望，他至少也没有恐惧。他跨过门槛时心想，在疗养院的第一晚，当他们把注射针头扎进他胳臂时，如果他能在旷野上持刀拼杀，死于械斗，对他倒是解脱，是幸福，是欢乐。他还想，如果当时他能选择或向往他死的方式，这样的死亡正是他要选择或向往的。

达尔曼紧握他不善于使用的匕首，向平原走去。

JORGE LUIS BORGES

Artificios

图字: 09-2010-605 号